看花是种世界观
living as a naturalist

半夏　著

中国科学技术出版社

· 北 京 ·

野地里蕴涵着对这个世界的救赎。

——梭罗

豆科珍珠相思（*Acacia podalyriifolia*、也称银叶金合欢）
的荚果落在旋花科五爪金龙花冠上。越南大叻大学校园，
2017.01.05。

世尊在灵山会上，拈花示众，是时众皆默然，唯迦叶尊者破颜微笑。

——摘自「五灯会元」

目录

豆科鹦哥花（*Erythrina arborescens*），越南大叻，
2017.01.05。

十多年前了吧，读过一本有意思的书：《一点二阶立场》。书是出版社送的。眼下是一个书太多的时代，又是一个有意思的书很少的时代。用时下的流行语说，这是一本"开脑洞"的书，从此对著者刘华杰这个名字留下了印象。后来知道他是北大的哲学教授，愿意如先贤的教言，"多识花鸟鱼虫之名"，不仅认识，还上升到一种人生的方法论，深入探究人与世界有趣的连接。以后，遇到刘华杰网上、纸上的文字都会认真学习。人的经验世界本是开放丰富的，但受制于狭窄的世界观和即时兑现的功利心，也会变得相当狭隘。我们这个社会中的人，日益夹缠于人与人，人与事的种种纠结，即便天天狂吞国际、国内的海量信息，也只是日益深陷于一个简单的经验社会，而失去了一个更广阔的关涉天地的生命世界。

更早几年的十多年前，云南的文化记者杨鸿雁（半夏），采访过我。不是因为博物学，不是因为自然界，而是文学。以后，再去云南，在有关文学的活动上都能见到，又有过采访或交谈，也都不是有关博物学的。当下的中国的文学，特别是叙事文学，只纠结于人与人之间的关系的某方面的现实。中国社会，日益陷于功利的考量，只是着力于人与人关系的文学便日益深入社会的黑暗与人性的卑劣而无法自拔。中国文学本是有亲近自然传统的，但似乎都集中在诗歌与散文，一入小说，便陷入功利与权术了。近些年来，我觉得把自然作为一个重要角色引入叙事文学，看见美丽，发现生命自在超拔的本性，或许是条拯救之道。当然，我不知道一位文化记者也会关注如此之类的问题，自己在这方面的兴趣也从未在采访中提起过。只是每次去昆明，得空总要到离城还有些距离的植物园走走，看看。见了久闻其名的花与树，将称名与实体对应上了，自己欣喜一番。

前几天，应北大中文系的邀请，去跟学生谈谈文学经验，过未名湖，还在想，某一株树是不是就是刘华杰写过或拍摄过的。恰在此时，接到杨鸿雁一通电话，说，写了一本博物学家的传记，说知道我也愿意了解一些自然界的具体知识，愿意多认识一些花草树木，所以，希望我看看这些文字，然后写篇叫作序的文字。写序我是不敢的。但这书所写的事是我有浓厚兴趣的，所写的人和写这个人的人，也是我知道，我称许，我认识的。所以，愿意写一些感想在这里。

我在植物分类方面的知识远没有传主那么专业系统，更遑论还在此基础上生发出那些哲理性的思考，但他博物学兴趣生发的起点，倒跟我多少有些相同之处。他出生在一个小山村，我出生的村子更小，山更大，可以说从小就生活在大自然中间。树、野菜、草药、蘑菇都跟生活息息相关，都是熟稔而亲切的。只是那种乡村式的认识目的，与称名方法与系统的植物分类学相去甚远。但总归是引起了我的兴趣，更重要的是认识到人的生活和这个世界的更广大的关联。

而且，对这些草与树在植物学系统中较为规范的分类和称名，最初的发现也和传主一样，来自一本红塑料皮的手册。只是遇到这"红宝书"，比起刘华杰教授就晚多了。那已经是 20 世纪 80 年代了。我去若尔盖草原上寻访一位有学问的前喇嘛。这位喇嘛还俗后将寺院中习得的关于人的医学知识，转向摸索研究兽病的防治。他在"文化大革命"中还开班在牧民中培训兽医，各种教材也由他自己亲手编写。其中一本高原药用植物手册，就成了我重新认知青藏高原植物的最初指引。由此可见，文化的事功与影响，有时并不在那些高深的论文和高蹈的讲章，而是与人的境遇的契合。刘华杰学地质出身，我 1977

年考中专时，所有志愿都是地质学校。如果他们录取了我。我想，今天我肯定不会以写作为业。

除此之外，我和传主的成就相差就太大了。借用他一点二阶这个表述，我对植物学的爱好，只是在初阶上长久徘徊。远不如他来得那样专业。我也曾去夏威夷大学访学。进校第一天，专事研究环太平洋地区文学的弗兰克教授说知道我喜欢观赏植物，便致送一本夏威夷本土植物画册，作我在海边岛上遇见植物时的指引。刘华杰教授去一趟夏威夷，带回来的就是几本自己写成的植物考察专著。更不要说如他那样坐而起行，由己及人，在总体上缺乏自然认知的中国人群中努力推广亲近与理解自然的博物学——作为一种与自然更友好的生活方式，作为一种现代人早该具备的素养与观念。

博物学不只是积累一些有关自然的知识，不只是一种生活态度与方式，更是一种世界观。一般而言，中国人关注的通常只是人与人的关系，也就是马克思所说的社会关系，而对更广大的共生于地球的其他生命没有关照与关怀。佛经里说的天下众生不只是众人之众，而是所有的生命。佛经里说，这些生命和人类都是"一云所雨"，"一雨所孕"的结果。共存共荣，这才是真的众生平等，这才是一个真正的世界。超越人的社会的更广大更美丽的世界。佛学中当然有许多无稽之谈，但这种整体性的世界观在今天来说还是有相当意义的。我想，美国人利奥波德所倡导的"荒野伦理"也庶几近之了。

　　因为这样一些缘由与认知，我也愿意如博物学提倡的那样深入自然，亲近自然；愿意在自己写作中思考人与自然的关系；愿意向刘华杰教授、杨鸿雁女士这样有更丰富的植物学、生态学知识，又有志于在公众中倡导一种与自然平等和谐伦理观的先进们学习。因此之故，与其说这些文字是一篇序，倒不如说是一种呼应，一种支持更为恰当。

2016 年 12 月 22 日

阿来。作家，主要作品有《尘埃落定》（此作品获"茅盾文学奖"），《空山》和《大地的阶梯》等。业余观察记录青藏高原植物。希望越来越多的人尊重和理解我们置身其中的大自然。

卫矛科卫矛的种子。吉林松花湖，2016.12.19。

前言

6 年前我通过新浪博客认识刘华杰老师，这种认识隔山隔水，却并无阻碍，如今，采访完他，我也没有见过他。这种认识是他在高处，我在低处，而我渴望着与刘华杰老师在高处相逢。

初识刘老师时他在美国夏威夷（檀岛）访学，我几乎天天跟读他图文并茂的博客，博客更新得勤。我看他造访一株株异域植物，看他把色彩缤纷的果种捡拾后摆拍，并一一分类，指出它们的拉丁文学名。

我毕业于云南大学生物系植物学专业，当年我的植物分类学成绩全班第一。生物系是当时云南大学最牛的系，录取分数线也最高。我们在校时，植物生态学家曲仲湘、苔藓专家徐文宣、植物学家杨貌仙等好几位前辈学者都还在搞科研，甚至给我们讲课。然而，在刘华杰老师面前，我简直不好意思说自己是学植物专业的，我被他惊着了，感觉自己压根没学过植物学，哲学专业出身的他竟然把植物的拉丁学名一说一串。我脸红，我把我的所学又还给老师了，而他们均已不在人世。

刘老师在夏威夷时去约瑟夫·洛克（Joseph F. Rock，洛克曾被定义为"美帝国主义的文化侵略分子"，博物学家、探险家，其为美国《国家地理》杂志工作。洛克当年在云南丽江玉龙雪山脚下的雪嵩村一待就是 27 年，与一照顾他日常生活的纳西女子暗生情愫，并有了两个儿子，其中一个早逝，我的采访来自他活着的儿子罗福寿的亲人，这事在当地避讳提及。）故居的访问博文我跟了贴，特地把我采访洛克后人的相关文图传给刘老师，有时也在刘老师的博客上请教他一些问题。

大学毕业后，我并没从事与植物有关的工作，而是在工厂待 4 年后又供职媒体，业余写作。但我对自然草木的关注惯性地延续着，年纪渐长，每每便觉得 20 世纪 80 年代中期，国家培养我这样一个大学生的费用是昂贵的，我愧对国家的培养。生物系的学生一般下午都在实验室里做实验。上普通动物学解剖课时，都是两个学生一组解剖一条鲨鱼标本，一人解剖一个标本的有蛔虫，但一条蛔虫的成本可不低，人民币 10 元。当时每月家里给寄的生活费是我母亲全月的工资 50 元。

那年代的大学生是天之骄子，学杂费通通都是国家买单，一个学期我们也就上交二三十元的教材费。生物系的实验器材及野外考察比哪个院系都费钱。因此，我后来觉得大学期间获得的那点生物学知识，要尽量用来为环境生态的多样性保护做贡献，业余便关注些虫虫草草，拍点图，写点文字，抒发一下对自然的热爱。把那些道发自然、不与自然违逆的感悟写出来，发一发自媒体。

这过程中，我一直关注刘华杰老师的动向以及他这些年来与同行们在中国掀起的博物学浪潮。敬佩他的同时，越来越认同他的博物生存理念 —— living as a naturalist！三年前，我偶然用手机微距拍摄到一只丽蝇（注：绿豆苍蝇）落脚在雨后蕉叶上的形象，竟然那么不可思议地美丽！平常我可是很嫌其脏臭的！从此，我开始拍一块菜地里的各种昆虫。当菜地在推土机下消失的时候，我只能往更远的山野里去！我开始不自觉地博物生存，节假日花大量时间沉浸其中，访山问水，乐此不疲。当我用人类的单眼与虫虫们的复眼对视时，我发现这个世界无限美好！从事媒体工作的紧张焦虑以及业余多部长篇小说的写作严重损耗了我的身体，而当我停下来，俯下身，在草与虫的高度观察它们时，当我从城市郊外的菜地走向山野走向大自然的深处时，我的心态变得平静而单纯，我快乐着我的快乐，我发现我在野地里修复着我的身体，救赎着我的灵魂，而我也因此更加密切地关注刘华杰老师的博物生存。

当《十月》前副主编、鲁迅文学奖获得者周晓枫女士打电话给我，请我写一篇有关科技工作者的报告文学时，我便向她推荐了刘华杰、张巍巍等老师。尽管我心里明白，刘华杰老师专注的是博物学，博物学与科学有关系，但博物学是"反极端科学主义"的，科技发展制造出的精密机器正快速高效地冒犯、摧毁着自然，人类驾驭自然的野心一直膨胀着！人类在砍倒第一棵树的时候，人类文明就开始了，那么当人类用更高效的机器砍倒最后一棵树时，人类文明就会结束。尽管人类似乎永远看不见那最后一棵树的倒下，但人类对自然的侵吞破坏正无以复加地进行着。周晓枫老师在阅读了刘老师的部分博物学专著后，同意了我的选题。

我由此开始了对刘华杰老师的采访，采访是在读了他十来本书的基础上，通过邮件、通过自媒体、通过其同行、学生、家人进行的。刘老师是非常珍惜时间的人，他要做的事太多了，教书育人外，他一有空闲便开车去山野追逐野花！我曾戏说刘老师，在中国，不可能再找出如他一样痴迷野花且懂野花的男人了！

给《十月》杂志的文字有字数限制，而刘老师是个非常丰富的人，我想写的角度太多，我奢望在一篇文章里把他的博物思想穷尽，图谋借中国文学界的实力大刊《十月》这个平台向作家们，向读者们宣扬刘华杰的博物生存理念。然而我越想弄得完美越不知所措，稿子推翻两次，修改无数次……终于，两万多字的《刘华杰：博物生存的倡行者》刊发于 2016 年第 5 期《十月》杂志。文章出来后，我迫不及待地做了个图文版投稿给新浪微博的头条，点击率颇高。我一门心思地想，要让刘华杰老师的博物生存理念为更多人所知，因为这是迫在眉睫的事，因为我笃信，当更多的人认同博物生存理念后，人们就会更加懂得如何与自然和谐相处，如何热爱自己的原乡本土，而这几乎是曲线拯救日益变坏的地球生态环境之唯一出路！

微博头条文章发出后，中国科学技术出版社的杨虚杰女士联系了我，我们一拍即合。为什么不给刘华杰老师做一本图文互动的小传呢（注：2001 年河北大学出版社曾出过一本刘华杰小传《漂移》，作者黄艾禾）？他个人的博物人生和经历绝对能引领更多的人热爱自然！刘老师有很多的"粉丝"！我与杨虚杰女士同为媒体人，我们深深钦佩刘华杰老师正在做的一切，刘华杰老师是当下中国博物生存、博物自在、博物致知的倡导践行者，扛大旗者！此刻我真想在单行本的书名上添加两个字"首席"！这个，我知道谦虚的刘华杰老师会阻止，因为发《十月》的那篇文章我曾试图用"第一人"这个概念，他特别致信我拿下，他说很多人在做着博物的事。

需要说明的是，书稿的每一章节后都有我个人的采访手记，这是我的心得和感悟，是我的发散性思维，这充分体现了刘华杰老师给予我的影响，也同时是书稿里有机柔软的一小部分。有一点自然学科素养的我，正在刘华杰老师的启发下找到我个人的博物生存方向，读这书的人应是未来潜在的博物生存者。

在此，我要特别感谢刘华杰老师及他的同行刘兵教授、田松教授以及单之蔷总编，特别感谢他的学生辈同仁熊姣博士、王钊博士（在读）、张冀峰博士（在读）以及刘华杰老师的家人接受我的采访！感谢我的母校云南大学生物系 30 年前给予我的教育！感谢所有热爱自然的人们！

采访刘老师，阅读刘老师，我似乎学到一点皮毛了，我们要学会用审慎的眼光来反思、警惕、批判所谓的现代性对我们的挟持和压迫。

最后，借古希腊哲学家苏格拉底的一句话作为结束：

未经审视的生活是不值得过的！

半夏

2017 年 5 月

在北京怀柔延寿山（S213旁）2016.10.22。

2017 年 4 月中旬，刘华杰又去北京周边迫逐槭叶铁线莲，他说这是真正的北京市花。刘华杰最近又看了几个新的分布地。他说此物种很聪明，长在绝壁上，相对安全。今年的已经开过了，有些地方的被驴友破坏较严重，好在大部分人都难以触及，伤不了它们。我看见刘华杰分享的槭叶铁线莲图片后感叹：此花开在绝壁石崖上，也可说是开在时代缝隙里的奇葩啊！此图拍摄于 2017 年 4 月。

《檀岛花事》获得首届大鹏自然好书奖之"在地关怀奖",图为刘华杰在深圳中心书城领奖,徐仁修摄影,2016.11.26。

在琉球观察麝香百合，2015.02.25。

受刘晓力、田松等邀请参加北京师范大学与云南思茅（后改名普洱）的一个生态旅游调查项目。图为在镇沅考察时的合影，2005.10.03。

北京昌平，2016.10.17。

在河北小五台山的东台，海拔 2882 米。左起分别为周奇伟、
汪亮、李猛、熊姣、刘天天、刘华杰，2010.06.12。

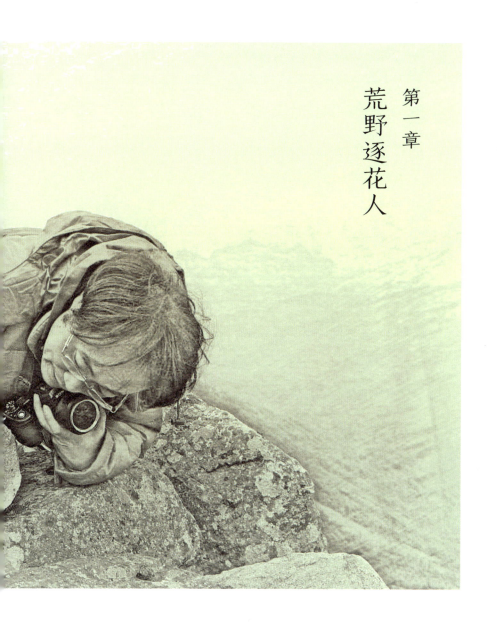

第一章

荒野逐花人

荒野逐花人
的多重身份

2016 年的清明节小假期，祭祖踏青赏花的日子。刘华杰起了个大早，他很兴奋，想去外面转转，瞧瞧北京早春的野地里有什么。出门前他又检查了一下双肩背包，惯常必备的两瓶水、巧克力和面包，这些头天晚上便收拾好了。

此行要爬未彻底解冻的山坡，一两厘米厚的土层下还有冰碴儿，穿什么鞋很重要。当然是抓地牢靠的防湿防滑透气性好的登山鞋。上身棉布格子衬衫，外套牛仔夹克，下身牛仔裤。这一身野外行头耐磨经脏，累了就地上一坐，脏点也无所谓。其实，这一身穿着也是刘华杰上课时的标配。他有四五套不值钱的牛仔夹克，最贵的也不过 200元，牛仔裤甚至不超过 100 元。

四月初，时节已是仲春，但要去的地方还有寒意。细寻找的话，阳光充足的地方有一丝绿。临出门，刘华杰又塞进包里一件很薄的、运动时会发出声响的、校运动会时系里发的"北脸"防雨衣，这倒不是为了防雨。早春的北京，巴不得来点儿雨，可是一点儿雨也盼不来。因此，这件轻便的衣服就做挡风、御寒之用。2013 年 7 月到青海年保玉则高海拔地区看花、开会时就穿着这身衣服，与老校长许智宏院士、保护生物学家吕植教授的合影照可证实。

小跑着下楼，发动起那辆跟了他多年的坐骑，一辆红色越野车。向北，直奔延庆的东部。

不到六点就上路，是为了避免堵在路上动弹不得，刘华杰此时的心早已箭镞般飞向辽阔的山野。

这次外出，目标是寻找一种黄色的小野花，《北京植物志》并未记录的一种名叫侧金盏花的毛莨科草本植物。这种野花原本生长于东北，刘华杰根据前人的经验，凭直觉认为这时节在水泉子村南沟那一带有可能寻到。有多大把握呢? 百分之十或许再高一点。

从山坡上几处残垣断壁还能判断出老村舍的所在，只有一户还住着人。一老农看见背包客沿小路上山，纳闷: 树叶还没冒出来，这穷山沟子有啥逛头? "大爷，您老在这附近的山梁上可见过这种金黄色的野花? "刘华杰拿图片给老农看。"见过，这不是那婆婆丁（注:

毛茛科辽吉侧金盏花（*Adonis ramosa*），北京植物志未记载此植物。延庆水泉子村南沟山梁，2016.04.03。

蒲公英的民间叫法）么？还早着呢，到时候田间地头，草窠里有的是啊！"刘华杰有点失望："谢谢大爷，我找的不是您说的那种花！"

老农自然不知道此人姓甚名谁，来干啥。

第一天，刘华杰寻遍四条沟岔，想象着侧金盏花可能的生长环境，反复筛找，就是没找见，无功而返。

第二天，4月2日，刘华杰与爱人一起出行。还是北上，3小时后到了河北崇礼，那里将是2022年冬奥会部分雪上项目的举办地，那里有距北京最近的滑雪小镇。此处去年刘华杰已经来过近10次，为编写一本张家口野花小册子（后来起名为《崇礼野花》，中国科学技术出版社2016年8月出版）积累素材。冬去春来，此次是想拍摄第一批野花。不曾想，崇礼寒风阵阵，背阴处还盖着残雪，桦树林下土灰色的全是干草，向阳处偶尔有冒出来的烟管蓟、委陵菜。此处收获不大，"贼心不死"的刘华杰，与妻子商议后决定再去昨日的地点，"按理说，那个地方是能找见侧金盏花的！"

再上山，再搜寻，还是一无所获。刘华杰不甘心，决定在村子里住下来，4月3日再尝试一下。

第三日，天刚亮就上山，一上午过去还是没收获。这时远处有5位年轻背包客爬上山来。一招呼，一聊天，他们竟然说起刘华杰撰写的书《天涯芳草》以及多年前他办的网络植物图谱。那伙人不知道，与他们面对面的正是刘华杰！这伙人也是来寻野花的，目标竟然也是侧金盏花！他们均已大学毕业，有不同的职业，看野花是他们共同的爱好，都是些资深花友。

结伴而行，沿一条山谷继续向高处前进。眼看着就要登顶了，小道却消隐在杂草乱石堆里，左探右试了半个小时未果。其他人坐下来休息，刘华杰从密密的树枝间向上，踽踽独行，他决心先到山梁上瞧一瞧。十分钟后，其他人也不甘心，便随着刘华杰钻入树丛继续向上爬。山坡地面外层是枯叶，下面是大约几厘米厚的化冻了的腐殖土，再下面是冰冻层。在这样的斜坡上爬行，一不小心就会脚下打滑，摔倒。这时手要尽可能地抓住树枝借力，不能把身体重心全落在脚上。终于，正午 12 时许，刘华杰登上了海拔 1200～1300 米的主山梁，代价是脸部被树枝划出一条"L"形的口子。刘华杰与那伙爱花人一左一右，分头在山梁两边寻找。

上苍或许被感动了，半小时后，在山顶的一片阳坡地带，那日思夜想的小野花像梦一样闪着金灿灿的光，终于等到追逐者刘华杰的到来。随后刘华杰通知了同行的寻花人。

春天里，下午偏西的阳光照在那贴地生长、有瓦楞式皱褶的花瓣上，一派温煦。即将知天命年纪的刘华杰兴奋得像个孩子跪到地上。端相机的手微微颤抖，长长地深呼吸一口气后，他平静下来。刘华杰的镜头聚了焦，"咔嚓""咔嚓"。他只想着有机会将这种辽吉侧金盏花与此前在秦岭见过的蜀侧金盏花进行对比。

山花烂漫，清景无限，诗意的山野。我只能想象，刘华杰用鼻子嗅闻了那小野花，他愉悦的表情及行为是深情是厚爱，那样子臻近于

辽吉侧金盏花近摄图。

得到甘醇般的爱情……

三天假日，连续不断地寻找，刘华杰终于在山梁上看见生长于北京山野的辽吉侧金盏花。

这事值吗？这花有什么用？

刘华杰后来在博客上发了几张此花的图片。他不嫌唠叨，自言自语，敦请大家好好保护：关于生长地点，写得如此详细，是觉得爱花人有权欣赏大自然的美丽。过去，对这样稀少的植物，出于保护的目的，对于目击地点，人们尽量讲得不详细。但回避不是长法，想找的人总能找到。重要的是大家提高觉悟，不乱挖乱采。最后他还不放心，又补充个特别提示：此植物除观赏价值外，无其他特别价值，特别是无营养无药性（据说有毒）；此植物无法栽培，观赏请在野外原生地进行。植物学家已经研究过，标本馆亦有收藏，无需再采集标本。

三条补充说明就一个意思：只许看、拍摄，别动手拔、挖。

刘华杰可谓苦口婆心。

这种原本东北才有的美丽野花，乍看似普通的黄色野菊，却属于毛茛科，对北京人来讲的确非常珍稀。一窥芳容后，刘华杰的微信头像便改成这种小野花了。在北京城周边寻到辽吉侧金盏花或许是刘华杰2016年春天最开心的一件事。

马兜铃科北马兜铃的果实。北京延庆珍珠泉乡四沙路旁的
水泉子村，2016.04.01。

荒野逐花人

桑寄生科槲寄生（*Viscum Coloratum*）寄生在山杨（*Populus Davidiana*）树干上，延庆水泉子村南沟，2016.04.01。

这个春天，刘华杰还用两天时间在两处寻找箭报春，用三天时间在三处寻找款冬，用两天时间回访两处的槭叶铁线莲。

无疑，刘华杰的行为表明他是个环保生态人士，也是个愿意为"无用"野花浪费时间的人。

刘华杰的日常生活与博物密切相关，摘录几则他近几年的日志：

2013.03.14，到密云水库不老屯看鸟，绿头鸭和赤麻鸭为主。见一只蓑羽鹤。

2013.03.23，到虎峪我的园中挖出小树苗，在校园秘密植树：白桦、青檀、省沽油、花楸、欧洲白蜡，它们非常安全，都不是入侵种。北大四院中我当年所植6棵树中的3棵山桃有的花瓣已经完全打开。

2013.07.13，早晨在青海年保玉则的帐篷边与北大老校长许智宏院士一起吃饭。上午的论坛讨论放生问题。我发言的内容：①放生，出于拯救一个或多个生灵的意愿，实际上此行动同时也拯救自己的灵魂。出于良好愿望未必一定有好的结果。关键看当事人如何权衡。②现在放生过程中出了一些问题，但是不能借此只指责或者抱怨佛教界、放生者，不能认为科学界一方、环保一方始终真理在握，强行要求对话的对方接受所谓的"科学放生理念"。因为不能假定科学界、环保界就一定代表正确、真理。历史上，科学界出于良好意愿也做过许多后果并不那么美好的、甚至非常恶劣的事情，如制造机关枪、研制原子弹等。今天科学界依然大胆、自信地做着类似的事情，比如强行推广某些作物。也许意愿都是好的，人们也没有更多理由怀疑各自的愿望。因此，我的意思是，不是谁服从谁的问题。③大家都要在法律的框架下行事，放生过程如此，科研及科技应用也如此。④就放生而言，公民要自己多修炼博物学知识，虚心学习地方性知识，形成自己的判断。放生是为了动物自由、解放，参与者应当自己判断后果从而选择行为、为行为负责。

刘华杰与扎西桑俄堪布在青海年保玉则，2013.07.15。

青海年保玉则风光。

刘华杰与北京大学老校长许智宏院士在青海久治县白玉乡
境内的年保玉则，2013.07.13。

2013.07.16，宿玛可河林业局，进美浪沟。见久治绿绒蒿、羽叶点地梅（二级保护植物）；软刺裸裂尻鱼（*Schizopygopsis malacanthus*），洄游跳跃上跑，特有种。

2013.07.25，早晨飞往阿尔山，机上看电影《少年歌德》。天气晴好，北国风光，河曲很美。机场在山间平地上。住草原假日酒店。下午向南在附近看花，爬白桦树。见油菜田、水苏、某种橐吾、某种升麻、马先蒿、野韭、烟管蓟、柳兰。晚上吃白蘑炒肉。

2013.07.28，下了一天半的雨，晴了。8:30从伊尔施出发沿S202北上。沿途樟子松林、大草原十分过瘾。第一次见到荨菜与羊群、马群在一起！下午入住布里亚特人（Buryats）的帐篷。牧民收拾房间打电话时只有"垃圾"一词我听懂了。如田松所讲的，在传统社会中本没有垃圾的概念，因为他们不生产垃圾。牧民们显然是从汉语借用了这个词。晚上吃布里亚特包子（纯牛肉馅包子），一份60元20个，很好吃。奶茶随意喝，味道不赖。

2013.08.15，中午饭桌上听翁总讲鲫鱼与鲃鱼的区别（习性与形态）。下午乘科教社的车，抢时间到上海辰山植物园，门票60元(稍贵)。天气依然热，据说40度左右已经持续了一周多。不过，在园中可以找到一个凉快的地方（山洞里）。登上70多米高的辰山，全身是汗（天太热）。园子的特点是：①面积大。未来发展潜力大。②新，据说开园仅几年。③水多。缺点是：①许多植物刚入园，还没长好。珍稀植物子园面积太小。②缺藤本植物，园子野性不够。巨大的采石坑可以进一步利用，石壁上更多长一些植物才好。③目前水生植物品种单调。

④温室建筑远胜过其中的植物，三个温室中几乎没有令人印象深刻的植物，要求可能高了点。

2013.09.27，驱车由兴城－沈阳（K586事故堵车40分钟）－抚顺－南杂木－快大－通化二道江。在高速路休息区见东北椴木，也叫东北赤椴。

2013.09.28，集安台上祭祖，采集朝鲜淫羊藿标本。

2013.10.11专程到河北徐水张华村寻访博物学家张华的墓。19世纪70年代末墓与碑皆在，80年代初人为毁坏。赶上放学，询问两位女学生，她们知道张华的故事，告诉我到村东再向北，过幼儿园再打听，张华墓原来就在那北边。但已经不容易确认具体位置。在村卫生所门口进一步向徐先生打探，他的说法与上面类似。不一会就找到幼儿园及村东北角的乱坟地、土城。在那里见到江老汉，他极为惋惜地谈到"文化大革命"后文物被破坏的情况。张华村以前张姓居多，但目前刘姓徐姓居多。我大致统计了一下坟地的石碑，墓主人张姓居多，大多出生于1900-1950期间。村南刘伶墓周围到处是垃圾。其中一碑为乾隆二十三年立。一老一少见我在草丛中找石碑，凑过来聊了一会，年轻人姓张，他不知道张华。最后到张华集团购酒若干纪念。向东，一路上有十多家酒厂。

2013.11.17，在成都参加科幻产业论坛后到毕棚沟，拍摄雪山、杜鹃花科植物。见岷江柏木、四川红杉。

2013.11.18，到甘堡藏寨。这里出售新鲜的当归。

2014.01.07，扦插红凤菜（*Gynura bicolor*），也叫紫背天葵。

2014.01.21，参观毛里求斯岛北的拉姆古兰爵士植物园。特有植物：葡萄科葡萄瓮属马普树（*Cyphostemma mappia*），当地俗称 Bois Mapou，即马普树的意思，种加词大概来自毛里求斯北部的一个地名 Mapou，濒危。无患子科羽叶南陆木（*Cossinia pinnata*），俗称犹大木（*Bois de Judas*）、伪铁木，耐旱大灌木，高达 15 米，常见。白花，果实三次旋转对称，与阿开木（*Blighia sapida*，也叫西非荔枝果，英文为 *Ackee*）的果相似，不过后者的果实成熟时下垂。

2014.01.24，参观南部的一个本地特有种植物园，见菊科毛国木菊（*Psiadia arguta*），小灌木，植株通常为半球形，花白色。《马斯卡林群岛植物志》（*Flore des Mascareignes*）有描述。邱园、密苏里植物园等参与的"植物名录数据库"（2010 年版）中没有收录这个种。与夏威夷的那夷菊属（*Dubautia*）有几分相似。棱果非洲芙蓉（*Dombeya acutangula* subsp. *acutangula*），锦葵科（原在梧桐科）非洲芙蓉属。叶形多变，基部心形。叶外形略似血桐的叶。萼片非对称。聚伞花序，花白色、淡粉色，多达 20 朵。属名用于纪念法国植物学家董贝（Joseph Dombey，1742–1794 年），他曾任裕苏（Bernard de Jussieu）的助手并到南美进行过大规模植物采集。历史上有著名的董贝事件。现在此属包含两百多个种，主要产于

拉姆古兰爵士植物园中的一株从中国引进的荔枝树，2014.01.21，刘凌子摄影。

非洲大陆、马达加斯加、马斯克林。山榄科大栌榄（*Sideroxylon grandiflorum*），也叫 Dodo 树。1973 年 Stanly Temple 发现 13 株，认为它只能与渡渡鸟共生，鸟灭绝了树自己也就不能繁殖了。这个想法很诱人，但不正确。

拉姆古兰爵士植物园中抱着一个紫葳科植物果实的小女孩，2014.01.21。

拉姆古兰爵士植物园中毛里求斯的特有、濒危植物马普树，它竟然是葡萄科的，
2014.01.21。

荒野逐花人

毛里求斯特有植物棱果非洲芙蓉，锦葵科（原在梧桐科），
2014.01.24。

2014.04.12，到昌平大杨山。道路修了四五年，有的路段还没有修好。从百合村、上庄村、下庄村返回。采二月兰、薤白、歪头菜、荠菜。在昌平园子栽种小玉竹、玉竹、黄精、卫矛、胡枝子。

2014.05.21，中午飞云南迪庆香格里拉，经停重庆，晚一小时多。近 6 时到，搭车顺 214 国道 100 元直接到高山植物园住宿。当天看到西藏杓兰、橙花瑞香、黄花杓兰。晚上自己做饭。

2014.05.27，到香格里拉县五境乡泽通村吉仁叶古组 39 号鲁茸家。吉仁河，沟中有大量光叶植物虎皮楠科交让木（*Daphniphyllum macropodum*）、榉木、小叶黄杨、核桃树、花椒树。山坡上有德钦荛花(*Wikstroemia techinensis*)，花聚生于幼枝顶端；革叶荛花(*Wikstroemia scytophylla*)；西藏越橘（*Vaccinium retusum*）。中午吃藏族、彝族佳肴琵琶肉。

2015.07.11，早晨 6：05 西三旗上 G6，过官厅休息区转 G7，过张家口北上，在万全服务区休息。张北高速河北段封闭。锡林浩特北加油站再次见到北美植物芒颖大麦草（*Hordeum jubatum*），几年前随北京科委到延庆科普验收时见到。

2015.07.15，由根河向北，经过满归到漠河，宿红金鼎宾馆。落叶松、白桦、河曲非常漂亮。进入黑龙江省境内路变好。有一处刚发生火灾，大片落叶松林过火。到过火林中行走，地面被烤干，厚厚的青苔踩上去像硬雪一样脆。

2015.07.17，昨晚呼玛知青宾馆，早晨 4 点半太阳已经升起很高，到黑龙江边拍摄。在黑河中午吃两条虫虫鱼（*Diptychus chungtiensis*），也叫重唇鱼（小名重重）。当地有俗语"边花的肚子虫虫的嘴"。购买俄国糖果、白酒。下午到大豆的故乡逊克，宿逊克宾馆（财政局的），160元，破旧。

2015.07.26，昨晚住吉林长白朝鲜族自治县几年前住过的一家酒店。早晨开车上后山的长白灵光寺，在山顶见到唐代渤海国的灵光塔，高约12米，塔向西南倾斜。山上栽的水曲柳树下已长出新苗。沿江边公路向临江方向行24千米，进15道沟望天鹅景区。玄武岩柱状节理非常壮观。山谷溪水清澈，流量较大，植物也不错：水曲柳、紫椴、山杨、狗枣猕猴桃、五味子、樱桃山桃、臭冷杉、红松等。对岸朝鲜很陡的山地上都开了荒种地，但是许多地块光秃秃的，没有禾苗。整体而言对岸庄稼长得不好。一路上有3次遇到边防军哨卡查车(昨天1次，在漫江)。晚上宿临江市速8酒店，从窗口可以望见头道沟河大桥下有宽阔的河面，但河水很脏，基本不流动。脏水汇入鸭绿江，污染了江水。

2015.08.03，中午12:30登上河北赤城黑龙山东猴顶，海拔2292米。宿老栅子村郭老帅农家院，80元，有网，晚上非常冷。此家替药厂收购猪苓菌根，56元500克。

吉林长白县灵光塔，唐代重要文物。2015.07.26。

荒野逐花人

河北赤城黑龙山东猴顶，被称作京北第一峰，海拔 2292 米。

英国著名文物专家韦陀先生在北京大学人文学苑。照片左侧为刘华杰的博士生王钊。2015.10.11。

2015.08.10，在张家口康保县南天门见蒙古荒、飞廉、达乌里秦艽、蝟菊。宿尚义。

2015.08.11，早晨上大青山，在松林采集珊瑚菌（扫帚蘑）和小青蘑。下山吃羊肉。赶往怀安县，在怀安城镇东南的瓦窑口村南的山沟里找到灵关庙林场。

2015.08.13，在河北丰宁千松坝错车时采到一种脆而红的美味蘑菇：松乳菇，也叫铜绿菌。

2015.08.27，在旅馆吃完早饭，离开二连浩特不久就遇到进京安检！查身份证和两证。过乌兰察布，继续向南过大同，再转90度转向东，再次查证。过浮图讲，找到开阳村的古城。参观完已5点多，翻过熊耳山，到达河北蔚县老城蔚州，宿鼓楼下的古城宾馆。

2015.10.11，很高兴见到韦陀（R. Whitfield）先生。2000年我通过他在 *Natural History* 杂志上的一篇文章得知谢楚芳1321年绘制的画作《乾坤生意图》。问他当年如何接触到这幅画，以及大英博物馆花了多少钱最终收藏了它。先生讲述了其中的故事。起先（20世纪70年代）一老先生（韦陀称"老头儿"）找到在博物馆工作的他，请他鉴定。他告诉老头儿，这是个宝贝！韦陀的研究著作出版后，大英博物馆才着手收购此画，大约花了不到100万英镑。陪韦陀先生参观北大人文学苑3号院。我顺手摘下一只石榴，掰开一半给先生，先生有滋有味地一路上吃着，竟然全部吃掉。英国绅士通常都挺能装的，而韦陀作为绅士却很接地气。韦陀先生那份认真、陶醉劲活像个孩子。也许，正因为有孩子般的心境，他能不断发现好玩的、有价值的东西。

2015.10.28，昨晚宿北师大珠海校区国际中心 219 室。早晨在启功纪念园中看植物。拍摄微甘菊、鹊鸲。上午在全人教育中心座谈，中午与研究香港 jumping spiders 的詹老师吃饭。下午在 B202 讲座《公众博物学及其与科学的关系》。傍晚与郭老师、张老师、钟老师至中山市崖口村观鸟，晚上吃基隆鲟。

2015.10.29，到琪澳岛红树林参观。中午与郭老师、钟老师在博雅园吃饭。14：30 乘大巴到机场回北京。

2015.11.07，复旦医学院上网络大课，讲《博物人生：兼论非人类中心论的医疗观》。

2015.11.09，上海辰山植物园讲《重提博物学的动机和意义》。

2015.11.20，海南师大梁伟教授安排到吊罗山考察。

2015.12.06，武汉物外书店、黄鹤楼论坛、德芭与彩虹书店讲三场。

2015.12.07，上午在天空农场的记者见面会。下午武汉植物园讲座。晚上 7 点华中科技大学东九楼 C103 讲座《天地之大美与博物人生》。

2015.12.16，在河北崇礼汉庭酒店吃免费早餐，到长城岭，雪多，非常滑。大夹道沟与和平村之间有一车失控，撞向路边。上山拍摄沙枣、落叶松。返回时在大夹道沟村参观天主堂，农民郑先生等在门口扫雪，领我进堂。地方很宽敞，朴素。问是否有主教或者牧师，说没有，平时也就读读经。驱车进城（湾子区）在北街见到仍然在施工的新教堂。墙外喷绘有旧的教堂照片，还有论语讲解。进院，一层已经启用，二层封闭，内部装修。下午用手机拍摄八宝。

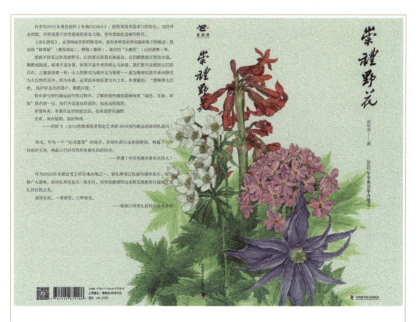

刘华杰所著《崇礼野花》，2016年中国科学技术出版社出版。据他本人讲，写此书是想通过野花而让人们关注当地的生态。

2016.02.09，初二，到昌平白羊沟、镇边城、横岭、坊口村长城，一丝风也没有。长城上5度，非常暖和。向北，从官厅上高速返回。

2016.02.15，黄山看雪。慈光阁索道上山。无雪，雾凇还可以。路滑，摔了两个大屁墩。下午4点半才到北海宾馆。

2016.04.09，在人文学苑1号楼，给20名企业家讲博物学一天。

2016.04.10 收拾园子中植物：蒌蒿、卷丹、玉竹、藿香、栾树、葛罗槭、榆树、薤白、紫花耧斗菜。

2016.04.16，周一。微风，略有寒意，然天清气朗。黄刺玫、诸葛菜、小朵白云、蓝天构成美丽画卷。随田松步入奥体南园西门，与其环境伦理学课程本科同学一起园中看草木。为每位同学设定目标：新认识20个物种。理由有二：首先，个体一生可能结识2000~8000个人，但他们合在一起仍然只是一个物种，从大尺度看，为了获得良好的哲学启示，应当接触更多物种。其二，响应孔子号召"多识"。网络时代通过名字链接，他人的研究可变成自己的个人知识。那里的活血丹别来无恙？欣喜的是，长势较好，数量增加，花开无数。奥体公园已继

黄山的雾凇，2016.02.15。

植物园成为北京人最佳休闲去处，也是修炼博物学的好地方。"会心处不必在远，翳然林水，便自有濠濮间想也。觉鸟兽禽鱼，自来亲人。"

2016.04.17 下午王钊和我在承泽园开荒种地。先种了黏玉米、花生、韭菜、秋葵。我们手上都磨出了血泡。

2016.04.17 预告：明天上午 10:30 在北大文史楼西集合，我带大家在校园中认植物，12 时结束，欢迎参加。今日所见：棣棠花、葶苈、黄鹌菜、山莴苣、美人梅、葛缕子、白梨、益母草、郁李。

2016.05.12，在网上订购《博物》试刊号 29 元，原来的那本找不到了。下午飞广州到中山市准备讲博物学与教育，在空中观察小五台多处有雪。第二次见张为校长。

2016.05.15，昨日在詹园讲完课。今日到鼎湖山看植物，见松毛虫、紫玉盘、三桠苦。宿肇庆奥威斯酒店。

2016.05.16，与张校长在七星岩观察植物，然后找菜市场和湿地，见福寿螺卵和梭鱼草。

2016.05.22，上午进崇礼双龙沟、三道沟南山，见到大量硬毛南芥和虎耳草科的五台金腰。再到葫芦窝铺东北一沟中，垃圾很多。进东侧山坡的桦树林，见华北楼斗菜、卷耳、东方野豌豆。中午下山在老地方喝粥。下午进大夹道沟。采糙苏幼苗和刺五加。下午沿 S242 北上，东转 S345，过隧道。到葵花村，进"新雪国"工地，环境破坏严重。汽车拖底，发现缓慢滴漏机油。

2016.06.10，早晨从大滩北上，锡林浩特方向沿准高速行进，内蒙境内收费 15 元。向东奔一小水库。顺 Y 字形准高速返回。草地上手参非常多。下午向东到千松坝，正在修路。小雨，开车上山梁。

2016.07.14，宿成都成飞大道曼松酒店 1111 室，到树德中学光华校区报告《博物学漫谈》。

2016.07.15, 由双流机场飞康定机场，唐老师接机。入住康定卓玛之家 308 室。中午参观金刚寺、南无寺，经步道到科协。明日奔海螺沟红石滩方向，在雅加埂雪山下看花。

2016.08.08，在崇礼狮子沟见到美丽的冀北翠雀花，大卫神父 130 年前采集到标本。此植物可叫崇礼翠雀，因为种加词就是西湾子，崇礼的旧称。

2016.09.17，延庆田宋营寻睡菜不见，向东过铁道，沿途发现多处有葫芦科入侵种刺果瓜。

2016.10.03，昨天晚上从内蒙古库布其七星湖回到包头。今日向南过黄河，拍摄琵鹭，有数百只。到榆林，竟然出口被堵，据说只能在上一个出口榆林北出！只好行了78千米的冤枉路。住榆林的艾美国际酒店顶层（18层），据说其他人不愿意住在这一层。

2016.10.26，上午在世纪金源香山商旅酒店中国植物园学术年会做大会报告《从博物学视角推进植物文化传播》。报告后洪德元院士说："达尔文是贵族，从事博物学没问题。你讲复兴博

包头南部黄河边上一处水塘中的琵鹭，2016.10.03。

物学，非贵族没有钱怎么做研究、进行采集、写论文？"我回应："现在提倡的博物学，主体不是科学家，而是普通百姓，没钱也行。"

2016.10.31，受邱先生邀请，晚上在物理所M楼9层咖啡馆讲《我感受到的植物：博物学视角》。匡廷云院士出席。

2016.11.01，读周作人译的《徒然草》，总算明白了北大未名湖西北角小桥边一种大戟科植物的中文名为何叫一叶荻。原来Flueggea suffruticosa长相与豆科的胡枝子很像，在东北就叫它狗杏条、狗梢条。狗字相当于拟、假、赝。而杏条指豆科胡枝子属（Lespedeza）的一些植物。过年煮饺子烧火一定要用杏条，起火快，火力猛，家中无储备，实在不行才用狗杏条。无论中国古人还是日本古人都将大戟科的这种植物与豆科的胡枝子放在一起讨论。在日本，用萩来称呼胡枝子，而胡枝子一名来自《救荒本草》。就叶形而论，胡枝子是复叶、Flueggea suffruticosa是单叶，前者称萩后者称一叶萩，即单叶萩，也就顺当了！另外，萩字在《尔雅》中就出现了，但指的是菊科植物。

2016年，刘华杰的开心事接踵而来。美丽的人间四月天，上海译文出版社出版了一本美丽的书，《一九〇六：英伦乡野手记》。打开书页，手写体文字配彩绘草木图，书页间的花似乎也散发出芬芳，鸟也欢鸣着似的。书的译者、编辑都是毕业于北大中文系的女生。

译者紫云在书的后记里有下面一段话：2009 年我和小木头、兔子等好友一同选修了北大哲学系刘华杰老师的"博物学导论"课程，在这门课上，我们接触到了一批自然人文经典，诸如《瓦尔登湖》《沙郡年鉴》《寂静的春天》《植物的欲望》等，无论是原著还是译作，均深入浅出、清新隽永。这门课开设在春季，大部分时间刘华杰老师领着我们在草长莺飞的燕园中漫步，辨识草木。我们曾深入到鸣鹤园深处的芦苇丛中，也曾匍匐在长着点地梅的草地上，寻找春天的秘密。以业余身份来翻译此书，或许正应了博物学的题中应有之意。这本书的译成，是一份集体合作完成的博物学"作业"。

《一九〇六：英伦乡野手记》是一份额外的漂亮作业，中文系学生呈给北大哲学系的刘华杰老师。

拿到了刘华杰的简历：1966 年 7 月生于吉林省通化市，北京大学地质学系本科，中国人民大学哲学系硕士、博士，现为北京大学哲学系教授，博士生导师。研究方向：自然科学哲学问题、科学传播学、科学社会学、博物学史。

哲学教授？植物学家？博物学家？作家？名头太多，好复杂的一个人！

2016 年 3 月底我在微博上私信刘华杰：刘老师，我要采访您！

一周内，十多本刘华杰老师的作品及译著分批自亚马逊网和当当网来到我的书房，好大一摞。

刘华杰看花，如世尊拈花，并非单纯字面上的观察、欣赏花朵。看花是手段、过程、现象，后面还有个体生活、集体生存、天人共生的环环相扣的理念。由地质学到科技哲学再到博物学文化，刘华杰反思着"现代性"话语，马不停歇地构建着自己独特的思想链条。

刘华杰，有点神秘，难以勾勒……

我埋头从他的《博物人生》开看。这个本科在北大读地质学专业、硕博在中国人民大学读哲学专业，现为北大哲学教授、博士生导师的他人生一再大拐弯？如今竟然扛起了博物学生存的大旗！不可思议，一个东北的大男人竟然"拈花惹草"，痴迷地爱怜着天涯芳草，也爱惜着燕园里的每一株草木！见到一小片雀麦草，他都要欣喜地吆喝：大家快去认认雀麦草，不定哪天被当杂草除了就见不到了！

他的起步，他的心路历程、这些年他野外考察、本土探寻，以及他首先提出的博物生存（living as a naturalist）到底是个什么理念？他的思想抵达了什么样的疆域？在书堆里掘地三尺刨一个人的足迹，就是追踪他的生命之痕、思想轨迹，所有的蛛丝马迹闪着银亮之光。

《博物人生》的第一版 2012 年 3 月发行，出版后远超作者及出版社的预期，受到热捧。2014 年底第二次加印，也很快售罄。这书被列入了中央国家机关读书活动 2012 年下半年推荐书目 11 种之一。紧接着，又入选 2013 年度由国家新闻出版广电总局组织的 13 家媒体评出的"大众喜爱的 50 种图书"榜单。两年后，刘华杰的新书《博物自在》再次上榜。同一作者的作品短时间内两次上榜入选，在全国绝无仅有，这也引来许多人的羡慕甚至嫉妒。

梁文道在凤凰卫视的"开卷八分钟"里特地介绍了《博物人生》：你真可看出这是一个珍爱大自然的博物学家！

《博物人生》封面印着一行作者语录：博物学需要从实践和理论两个层面同时推进，后者是少数人的事情，而前者人人可以尝试并做出自己的贡献。

我把书腰上那些鼎力推荐此书的名字一一搜出：江晓原、吴国盛、刘兵、田松。

一群教授博导，每个人的名头都震住我，他们在"科学史"这个关键词上有交集！

往下读，这书惨遭我蹂躏，书的空白处留下我的批注：

印着 living as a naturalist 的小旗，刘华杰造的这个短语字面意思是"像一名博物学家那样活着"，可意译为博物人生、博物自在。

《博物人生》第二版封皮。

博物——一个名词！似乎也可看成一个及物动词！

博物学——照作者的话说博物学人人可为？人人可做贡献？

通读下来，《博物人生》不是佶屈聱牙的学术专著。一周时间我读完了它，书页被我画线、折角，空白处各种字迹符号，一塌糊涂。

除了《博物人生》，作为一个有哲学研究背景的学者，刘华杰要传播自己的思想，他自然要把自己的理论条分缕析，另外两本书《博物自在》《博物致知》深入浅出地对"博物学"这个关键词释疑解惑。两本书的书名意味深长。"自在"我理解是道家、佛家的自在观、观自在，"致知"源自儒家的"格物致知"，格物致知是观察事物的一种认识论。

没想到，融自然科学哲思的这些书那么抓眼球。文字亲切生动，其间穿插了作者博物生存的缘起，人生体验，亲近自然时的愉悦。

看来，接受《三联生活周刊》采访时刘华杰所说的那话没虚饰，不矫情。他说：在自然面前我就像个孩子！

✎ 采访者手记

2015年寒假期间，读大四的儿子忽然拿着一本《三联生活周刊》对我说："妈妈，你快读读这篇文章！你学生物的，可别白学了，看你成天野外拍虫拍花的，也不知你要搞哪样名堂！这篇文章里的他就是你的榜样！"

接过那本杂志一看，笑了，我对儿子说："刘华杰老师！我认识他，早就在新浪博客上加了关注，看他的博客好几年了！多次向他请教。他在美国访学时，曾到著名的博物学家、探险家约瑟夫·洛克的寓所访问。洛克是美国《国家地理》杂志聘用的摄影家兼撰稿人，20世纪20年代至20世纪40年代末曾在云南丽江玉龙雪山脚下的雪嵩村一待27年，写下《中国古纳西王国》一书。我后来还把我对洛克在云南丽江的个人史挖掘采访的几篇文章发他看呢。"

仔细读了《三联生活周刊》2015年第8—9期合刊的那篇文章《刘华杰：博物人生》，读了两遍。掩卷，我有点激动，刘华杰老师在博物学上搞出大名堂了！我或许算得上一个地处遥远边疆的见证者。他及他的同行们这些年的努力、坚持与传播，博物学火了！风生水起处，刘华杰这个名字熠熠生辉，博物学在中国星火燎原！

我个人的兴趣爱好，回归自然的确切方向在关于刘华杰的这篇报道里再次明晰。我觉察到"博"这个字真的是一个及物动词了，书页背后像是总有个人直接问我：今天，你"博"了么？

西番莲科鸡蛋果（*Passiflora edulia*，通常称百香果）的种子。

1966 年 7 月 29 日，刘华杰出生于吉林省通化市鸭园公社四道江大队，此地位于东北中朝边境不远处的浑江边上。上小学前，外祖父去世，为照顾外祖母，全家由四道江大队搬到坝壕村的一个小山沟，名叫板庙沟。板庙沟周围 5 千米没有其他人家。刘华杰到坝壕村上的小学，班上只有 6 个学生。上学要翻一个岭过三次河。小学五年级时全家从板庙沟搬出，搬到了鸭园公社所在地，小学毕业前报考全市重点中学，考中，但因没地方住宿，初中就没到重点中学读。初中毕业前再次报考重点中学，这次成功考入市里的全省重点中学高中部，高中三年住校。学校住宿条件太差，曾有一段时间，47 人在一个大教室居住。冬天的夜晚异常寒冷，火炉边上水盆中的水在屋子内都会结冰。高二那年刘华杰参加了全国地学夏令营的吉林分营，首次与地质学打交道。营长是长春地质学院的董申葆教授，他当时是学部委员（后改称院士）。因前一年参加过地学夏令营，他高考的第一志愿就报了北京大学地质学系。本科学习期间，对哲学来了兴趣，硕士、博士学位是在中国人民大学哲学系拿的。

迅速扫描过刘华杰的成长履历，来到 2011 年，这年他到美国夏威夷群岛访学。2011~2012 年我开始跟读刘华杰的新浪博客。我从他几乎天天更新的博客上，发现他竟然识得那么多花草。他回国后就捣鼓出了《檀岛花事》一书（三册）。在他面前我唯有脸红，30 多年前，我在植物学名家学者云集的云南大学生物系植物专业学习，当时植物分类学考全班第一名的我，如今对植物学只剩些很模糊的概念了。常常被人问到，此树何树？此花何花？我答不上来。几年前，昆明一条背街上的行道树忽然开出了很漂亮的蓝紫色的花，路过人都很惊异，来问我，我张口结舌，资料也查不到，只好拍了照片博客上求问，一位福建的博友告诉我那叫蓝花楹，来自南美，昆明引进没几年。我好生奇怪，刘华杰个人的植物学、博物学知识主要从哪儿学来的？自学么？见到过他在夏威夷群岛访学期间的各种野外考察照片，他会爬树，印象中的刘华杰很野！

"哈哈，我没有'科班'学过植物学。小时候，我的植物学、博物学知识都是通过父亲、母亲言传身教学来的。在我眼里，父亲是百科词典，对家乡的一切都非常了解并且能讲出点道理来。跟着父母，采山菜、拣蘑菇、挖药材、摘野果、砍柴火，不知不觉就对家乡熟悉起来，我上小学时就能独立上山做这些事情了。"听刘华杰回忆童年，你能感觉出他像摘了一把野果子，嚼吃得甜美诱人。

山里长大的孩子几乎没有不会爬树的。野外生存，爬树是基本功。父亲是刘华杰的第一个植物学老师。

说到父亲，刘华杰好骄傲，听得出来，父亲对他的影响是在根子里成全了今天的他。

刘华杰的父亲是位中学语文教师。全通化市语文老师测试，他父亲得了第二名。刘华杰一直认为父亲非常有才，而且很全面。中华人民共和国成立前刘华杰的爷爷是地主，家庭成分不好，父亲未能读大学，改革开放后，父亲才在东北师范大学读了个函授大学本科。父亲对家乡的山山水水无比熟悉、热爱，在通化市的多所中学认真教书育人。那年头家中藏书并不算多，但其中有一本"红宝书"模样的，加了红色塑料封皮的《赤脚医生手册》，由吉林人民出版社出版的。年少的刘华杰很好奇，也悄悄捧起来读，一读便放不下。据说原书还在，只是封皮坏了。最近刘华杰从网上又购买到一本，一模一样。那本书中收录 100 多种东北药用植物黑白线描图，按图索骥，少年刘华杰读得津津有味。加上父亲指点，他能认出更多家乡的草木，而且大致知道各自的用途。

那年头，刘华杰家就在山坳坳里，出门就是山，采野菜——蕨菜、大叶芹、刺嫩芽、挖荠菜、小根蒜、婆婆丁、曲麻菜、山胡萝卜。采药草——党参、细辛、龙胆草。捉鱼拿虾补营养——喇蛄、狗虾、鲫瓜子。摘野果——山里红、山葡萄、山核桃。捡蘑菇——杨树蘑、小青蘑、松树伞、扫帚蘑、牛肝菌、榛蘑、猪嘴蘑。哪一片林子里何时生长哪一种蘑，哪棵树上的山梨大些、味道好些，哪个山坡的蕨菜没有苦味，蕨菜杆的颜色是绿的、灰的，还是淡紫色的，他都清清楚楚。

刘华杰每每想起这些来，都有太多话说，那是饥馑年代的"淘"生活，也是年少时的玩乐游戏。山里人随时上山采集，就像城里人从这个房间到另一个房间取拿东西，家在山野里，山野就是扩开去的家园。那时上山，谁带水啊？随处可见山泉、树液、野果，冰雪也是干干净净的。途中渴了就双手掬捧山泉畅饮；见树液用舌头去舔，张嘴去接；野果摘到手，浆果直接就往嘴里放，带皮的大不了衣服上蹭揩一下就啃，又没农药杀虫剂；冬天进山，渴了，直接抓一把雪放嘴里。

儿时，刘华杰对自然山野土地的馈赠便心怀感激，他乡别处怎么会有自己的家乡好？少年刘华杰认为他的家乡就是天下最美最好的地方，走出山沟进入北大，甚至到过美国、日本、英国后，他仍然这样认为。

这种对土地的依恋依附感一直保持着。

朴素的土地情结在远走他乡求学、饱饮知识的琼浆后，刘华杰把这种对故乡对土地的感情上升为一种信念。

父母教会了刘华杰大量"地方性知识"，虽然那时他并未听说过人类学中的这个概念。这些东西与日常生活密切相关。刘家三个孩子中，刘华杰对自然兴趣最大。

做父亲的早先没能读大学，希望儿子能读，初中毕业，刘华杰有机会考师范（毕业后到小学任教），但父亲反对，父亲笃定让儿子继续读高中考大学。父亲的远见卓识给少年刘华杰留下了深刻印象。后来的人生成长中他不断提醒自己，考虑问题时要想得远一些，再远一些。

1984 年，刘华杰考上北大地质学系，专业是"岩石、矿物及地球化学"，一入学，他们这一届就赶上国庆 35 周年阅兵、游行等大事情。本科四年，一向上进的刘华杰把所学专业学好的同时，最难忘的是听了大量别门学科的讲座，社会活动没少参与。在校期间他担任过班长、系学生会主席，与同学合作在全校创办了北京大学生摄影学会。目不暇接的大学校园生活，让刘华杰暂时跟大自然疏远了。当时北大学生社团中竟然已有"博物学会"，而且与地质学系、地理学系有直接关系，刘华杰甚至还保存了一张红色的博物学会会员证封皮，不知为什么当时这个社团已经不活跃了（据了解，有一次社团的野外活动出了事故）。不管怎样，刚上大学的刘华杰对"博物学"三个字不可能有更多的思索，最多认为它与地质、地理有关。大约 25 年后，用各种知识武装起来的刘华杰才重新关注这三个字：博物学。

1987 年大三时，刘华杰听了力学系黄永念教授主讲的一门研究生课"浑沌与稳定性理论"，他的兴趣转向数理和纯哲学，他决定考研。1988 年，刘华杰考到中国人民大学哲学系，研究生阶段他关注科学意义上的浑沌、分形和复杂性，而最终这又把他从虚幻的理想世界引回到五彩纷呈、复杂多变、坚实可感的现实世界。

1994 年刘华杰博士毕业后，童年少年时身心投入大自然的美好记忆被彻底唤醒，再次找到亲近大自然的感觉，刘华杰开始琢磨科学哲学、科学史如何与博物学深度结合。

从那时起，刘华杰又变得"野"性十足，无论走到哪里，都会留意周围的花草，一有空就上山看植物，约会姹紫嫣红的野花，倘有一阵子不上山，他就浑身不自在。刘华杰发现还是得在大自然中，他才能找到真正的自我，这之后，在生活工作中，他寻觅结识同类人，后来他招研究生时，都明确写下一条：要真的喜爱大自然！

亲历自然之美，让刘华杰意识到，只钻研历史而忘却了现在，只顾及理论而不亲自实践，不划算不聪明。

刘华杰开始走出书斋走进大自然，用双脚丈量山野，用心感悟四季草木的表情。亲阅自然界这部大书，刘华杰的博物人生从此正式启幕！

如果说走进大自然算一阶博物，那么还有二阶博物。一阶与二阶是刘华杰喜欢用的逻辑学词语，他曾出版过一本文集《一点二阶立场：扫描科学》。其实，一阶与二阶的用词并不神秘。如果上述走进大自然，看花、观鸟、记录等，算作一阶博物，那么从史学、哲学、美学、人类学、文化史等角度研究这类行为便属于二阶博物了。作为学者，刘华杰显然不会只停留在一阶上，对于他来说，一阶是目的更是手段，在一阶之外要进行二阶探究。

重要的一点是，来自哲学、科学史的学术上一步一步地思考，让他重新发现了古老的博物学。起初他是一个典型的科学主义者，之后缓慢转变成为反科学主义者。注意，是反思科学主义，不是反科学。两者有联系，但态度和程度是有很大差异的，在科学主义极为强势的中国，必须强调其中的些许差别。

什么是博物学？仁者见仁，智者见智。从百科词典和各种老书中当然容易查得关于博物学的定义，但刘华杰不会满足于此。他更在意的是，在原有的古老传统上，如何建构出适合今日世界使用的新博物学。因此，与其说他更精确地界定了博物学，不如说他考虑了种种因素为现在和未来创造性地建构了一个博物学概念。当然，建构是艰难的，要有新意又不能胡来。这一切，将与他提出的"博物学编史纲领"有关，但向普通公众解释起来比较麻烦。

懂得科学传播的刘华杰（曾与吴国盛教授一同创办北京大学科学传播中心，在科学传播领域还提出过"三阶段模型"），善于向不同层次的听众解释复杂的概念。

刘华杰用四个英文单词形象地向普通人士阐述博物学的关注点：一是 Beauty：认识到天地有大美；二是 Observation：去感受、观察、描述和分类；三是 Wonder：像孩子一般对自然怀有赤子之心；四是 Understanding：理解万物，产生"共生"的理念。

四个单词的首字母合起来是汉语拼音"BOWU"，即博物！有人很计较此时博物学是不是严肃的、合格的学问。还有人说中国古代只有博物，没有博物学，博物学三字是日本人的用法。刘华杰此处的阐述巧妙地回避了这样的指责。在他看来，有"学"字无"学"字不是要害，博物和博物学可同义地使用，正如历史与历史学、生物与生物学、物理与物理学一样。

认识体察到自然之大美，便要对眼前的物进行认知和观察描述归类，带着对自然的情感，深刻理解万物共生共享共荣的理念，人类不该驾驭世界万物。认识到这些，博物学的最初目的便达到了。

几乎所有初涉博物学的人都会提问：博物学为何那么强调和在乎分类呢？刘华杰用一个例子来说明分类的重要和多向性。有一组植物，茄子、椰子、梨、榆叶梅、樱花、辣椒。对此有哪些分类方案呢？按产地分、按用途分、按草木分、按科属分。椰子产于海南、云南等热带地区，中间四种是木本，茄子、辣椒是蔬菜草本茄科，四种木本中，椰子是棕榈科，梨、榆叶梅、樱花是蔷薇科。

分类沟通了宏观与微观，分类是人类所有知识当中最基础，最核心的部分，人为体系与自然体系，由分类最终进入"进化论"，站在无机界和有机界综合演化的层面看待结构、功能、知识、目的、价值、伦理、神性等问题。

这个也再次证明了人人都可从自己的角度出发，博物分类，建立自己的自然档案。

一个疑问又产生了，刘华杰本科学地质学，他可博物岩石、矿物、宝石、化石啊，为何偏要拈花惹草啊？花花草草一般是女人的小闲事，一个大男人一个哲学教授怎么就迷失进去了？免不了俗的我好奇刘华杰的这个日常行为。

刘教授反问："喜欢花草跟性别有必然的联系么？通常女性做饭，但也有男厨子嘛！男人女人都有喜欢植物的。钟情于美丽的花朵，可能反映了人的一种天性。我们依恋着大自然，我们属于大自然；而时代精神（哲学经常这样自居）不能不关注盖娅（注：希腊神话中的大地之神）。博物学在乎的花朵好比女性，哲学在乎的理性好比上帝，女性与上帝一定要对立吗？是否有合而为一的可能性？我认为有，比如女神！比如敬畏自然，憧憬天人合一的可持续生存！哲学上有许多人都听说过一个句子：两极相通。也有人提及，中国古代的儒释道本来都是有灵性的生命之学，强调亲证、体证，反对一味地在概念上扯来扯去。博物学为此提供了一个实例，博物学既感性又理性，既具体又抽象。哲学有不同的做法，现在英美主流哲学界仍然延续分析的套路，但除此之外还有别的哲学。简单说，哲学不等于概念、命题、逻辑分析和论证。哲学号称时代精神的体现，自然不能完全无视活生生的现实：现代性给人的种种压迫。哲学只要睁眼看世界，就有可能与博物学联系上。哲学家可以引入价值判断，对人类的当下理想生活方式给出规范性的说明，在'变焦'的过程中审视何谓自然、人性、神性、崇高、正义、真理、合理性等"。刘华杰喜欢用"变焦"这样的形象语言来阐述科学史、哲学问题，这大概与他爱好摄影有关。不经常改变焦距，并且对变焦的景深等效果不深入学习的人，是不大可能把它提炼成一种史学方法论的。大概学者都喜欢使用自己界定的词语来阐述问题吧，如海德格尔喜欢用"框架"（Ge-stell，通常译作"座架"），波兰尼喜欢用"默会知识""个人知识"。

刘华杰的思辨一不留神就难以跟上。

我与刘华杰教授在邮件里、微信里、微博上交流，以求在这种语境下的"面对面"中做出个刘华杰教授的纸上雕塑……

采访者手记

采访断断续续。微信中见到了刘老师那本《赤脚医生手册》，红色塑料封皮，20世纪60年代末语录本的那种设计模式。1970年印，售价2.2元。我家也有一本！小时候我和妹妹从父亲的书箱里偷出此书来看过，但我们当年探索的是人的秘密，压根没注意到这本书上有一百多种植物药草的图谱。

　　一截命运的老根从此埋下，尽管那截老根休眠了好多年，任由他本科四年学地质，硕博六年学哲学，但当各种学业的营养浇灌了那截心田里的老根，它最终苏醒萌发了，它长成了一棵博物学的大树。20世纪70年代出版的《赤脚医生手册》成为刘华杰博物生存的最初引领。从《赤脚医生手册》上一百多幅药草的野外辨识到写出《檀岛花事》，如今来看，简直就是个传奇。

　　多么遗憾！这颗种子没有属于小时候也看过《赤脚医生手册》的我。我给同龄人刘华杰说过我的一段往事：在物质、精神都贫乏还荒诞的年代，我问母亲我是从哪里来的，她告诉我，河里捡的。后来我真在河床上见过一死婴，便相信了，男孩子们捡河床里的鹅卵石砸那死婴玩，我当时真是庆幸我妈及时捡回了我。可大孩子们悄悄告诉我，你妈乱说……

1994 年 7 月，刘华杰从人民大学博士毕业后来到北大工作。他还记得那一天，他去燕园未名湖畔的 13 号公寓拜见季羡林先生，季先生晚年住在那里。那时候，刘华杰跟季老谈的是浑沌和模糊理论，他还只是一般性地对花草感兴趣，还没与博物学深度结合，儿时心田里埋着的那截老根还在将醒未醒的休眠期，还没彻底被自然唤醒。季先生指着一片小山坡上蓝盈盈的十字花科植物二月兰对他说：闻一多先生很喜欢这种植物。

如今季老已仙逝，但当年先生的音容笑貌时时在刘华杰眼前像电影画面一样闪过。如今，每次绕到那里，刘华杰都不由得想起这一幕。

13 公寓前的湖里曾有一片荷花，人称"季荷"，如今已不见。

在刘华杰眼里，季羡林先生是优秀的博物学家，很少有人这样来评论先生。刘华杰说季先生晚年的著作《蔗糖史》令他果断下了这个定论。季老翻阅了自周秦以来浩如烟海的中外群籍，从"糖"字的演变到甘蔗种植、制糖业的发展，引用了大量例证，用以说明：文化交流让经济、科技得以发展，人类的营养得以保障，人口数量得以增长，蔗糖业的发展促进了社会进步。

季老年事已高后，他并不晓得哲学系那个曾与他谈浑沌哲学的年轻人开始了他在燕园的博物学研究和实践，这是一件憾事。

在博物学界声誉鹊起后，刘华杰现在常常被问到一个问题，这问题令刘华杰烦恼不堪——博物学有什么用呢？

博物学要复兴，任重道远。刘华杰很不想回答这个问题，却不得不一遍遍回答。他反问："诗歌有用吗？孔子说过，诗可以兴、可以观、可以群、可以怨、可以言志。不过，这些功用或许根本不在提问者考虑的'有用性'之中。面对类似的提问，我说博物学没用。没用还关注、还浪费时间研究，不是犯傻吗？靠博物学升官发财，没门。因此，我只好再次强调：博物学没用。"

如果承认了"没用"，在此基础上关于博物学还能谈什么？

"在没用的前提下，可谈谈它的另类价值！梅特林克说世上存在大量'无用且美好的'东西！在急功近利的人看来，文学、美学、哲学，甚至纯科学，统统没用。不过，当下的无用性有可能蕴藏着长远的有用性。在个体层面，博物有可能放松自己。放松了，就将自己融入了更大的共同体，包括大自然。在群体层面，博物可以有助于大系统的平衡和适应。在天人系统层面，博物可以保持环境友好，因为博物学坚持自然公正原则，人既不妄自菲薄也不膨胀僭越。"

这些年，请刘华杰开讲座的机构多了起来，在各种场合他尽可能说明博物致知不同于科学认知，人人可以成为不同兴趣点上的博物学家，博物不是忽悠人，尝试了就知道所言不虚。

都市里人如何实践博物生存呢？大家都很忙啊，哪有时间去博物？

"的确，博物者向往荒野，但野地与普通都市人有距离，但是要转变态度，态度一变，不论出身，不论原有专业，我们的眼睛其实处处可以发现有趣的东西，即便身处钢筋水泥的城市里，也不缺野性顽强的生命禁锢在无数的夹缝中，它们也活得精彩。"

都市人声称忙，没时间，而时间对每个人都是公平的，相对自由地支配时间则因人而异。一度刘华杰基本不用手机，这就节省了许多时间。他的手机正常状态是关机，长期以来手机款式也很土，现在几乎没人在用了。刘华杰认为人是社会性生物，有些应酬是需要的，但现在应酬的范围在不断扩大，吃饭和社交要应酬，做学问和开学术会议还要应酬，真是无趣而且劳累。当初选择教师这一职业，就是为了清静点。

刘华杰讨厌仪式化的学术会议，尽可能少参会。也尽量减少应酬。他不鼓励别人像他一样。因此，相对于别人他有大量可以自由支配的时间。刘华杰的作息时间很规律，不熬夜，睡得较早，11 点通常就睡，早晨 6 点左右就起床。一周的业余时间看书占去一半。

刘华杰认为有人喜欢忙有人不喜欢忙，有的纯粹在瞎忙，自己忙不说还要折腾别人跟着忙。对他来说，有些事可做可不做就选择不做，"通常我不同时做两件事，一心一意做一件事，整体而言效率还算高。"他从不轻易答应某个差事，一旦答应则准时交活。该做的做完了，自然有时间外出考察，寻天涯芳草，哪怕在附近看看植物，玩一玩。

燕园里的刘华杰是另一种不玩手机的低头族。他坚持多年不用智能手机，直到后来女儿在日本读书时打工为他购买了一部，他才不好刻意拒绝。他的一双眼睛总是很尖地顺着墙脚绿地瞄看，刘华杰活得轻盈、自由！在他熟悉的校园，不经意间玩出了一本《燕园草木补》。

北大老校长许智宏院士主编过一本《燕园草木》（北京大学出版社 2011 年），出版后受到师生和游客的热烈欢迎，重印了多次。其实《燕园草木》因只收录了185种，用起来很受限制。燕园校区有植物大约450种，刘华杰编的《燕园草木补》另外收录了232种植物，并对校园植物的管理进行了个人化的点评。

《燕园草木补》，中国科学技术出版社2015年出版。

北京大学校园中的蔷薇科植物灰栒子，2016.11.21。

北京大学未名湖雪景，2013.03.20。

北京大学中的一株大花糯米条，花香扑鼻。但因生科院施工而被移走，勉强成活。此图片显示的是未移走时的大花糯米条，2013.05.14。

北京大学校园办公楼西侧的一株银杏树，结了许多白果。
2016.11.02。

印有博物自在的小旗及用剑麻制作的针和线。于广东中山詹园，2016.06.14。

在户外，用剑麻制作的针和线可以简单地缝制衣物，2016.05.14。

关注身边环境，囿于燕园这样一个所在，刘华杰"拾"得一本书。而这个"补"一直在持续。某日刘华杰去畅春园看王钊（刘华杰的学生）发现一株欧楼斗菜，在其附近又找到月见草。加上地丁草、杂配藜、杖藜，今年他在北大发现5种新迁徙来的植物。还有一种菊科一种毛茛科一种唇形科的，要等到开花才能准确鉴定。校园多了什么草木，刘华杰总是迅速得悉。燕园旮旮旯旯里的普通草木，刘华杰都印象深刻，他说，只要活着，就不会忘记它们的模样、就不会忘记它们长在哪个特殊的地点。如果某一天经过时，发现某某植物不见了，心情甚至会不好，会猜测，究竟发生了什么？

燕园里的刘华杰"目中无人"，唯有花草。那么，他倡导的博物生存方式，除了他指导的硕士博士，那些别科院系的学子们会拿着书循着那草木的所在去认知么？

"一名本科生跟我讲，她拿到我书的第二天在校园中就自己确认了枫杨这个她以前不认识的物种。我听后很高兴。我希望自己的书，能具体地帮助某个人，哪怕只是一小点。"

校园植物是一拨一拨学子们青春美好的记忆，博物生存就在身边。

《燕园草木补》一书中所有植物照片都出自刘华杰的镜头。为了拍摄燕园里的水生植物，他多次下水趋近它们，每次少不了腿部的划伤，少不了泥水湿身，哪顾得及一个教授个人形象的暂时损毁？刘华杰乐此不疲。

"喜新不厌旧，是博物至理。"在他看来，校园、家乡，有着特别的含义。"北大的校园植物种类多、配置讲究，与建筑交融混成，成就了北方难得一见的优美花园。这里的一草一木都是重要的，它们作为我生活的一部分，不可或缺。"

听起来，燕园的每一株草木都像是刘华杰的至亲家人。

博物，博身边之物。本土博物，人人都可跨进这个门槛。

现在校园里的年轻人与自然的关系隔着一个手机屏电脑屏，让他们走近自然在我看来很不乐观。我对刘老师说了我的失望："我也算个业余博物人了，我把拍摄的各种美丽的昆虫图片调给我那个读研一的儿子看，他没啥子兴趣，瞟一眼便过。我急，这么美好的自然神奇造化你为何无动于衷？多可惜啊！他说，别绑架我。典型的90后自以为是的态度。"

刘华杰一听说起一件事。

那年头，读小学、初中时刘华杰每周都要上劳动课，上劳动课就得到野地里去玩。学校有校田，在老师们指挥下由学生打理，农忙时学生还要经常帮生产队干农活。脱坯、割草、运砖、垫路基、植树、砌墙、拾粪、锄草、插秧、栽红薯、翻红薯藤、拔草、抗旱浇水、拣土豆、割谷子、拔萝卜、收大白菜等活计，样样都干。

这种课程安排影响文化课学习了吗？家长有意见吗？

刘华杰觉得没有影响学习，家长也没有意见，那时的学生都很"皮实"。春季每位学生都有采蕨菜的任务，以支援国家建设，蕨菜出口用来换钢材，每人的份额是8市斤（1市斤=0.5千克）。每年全校师生都参加一次"野游"活动，远足，登山、野餐。每年秋季班主任都要带全班同学搞小秋收：上山采集野山楂、野葡萄、刺莓果、五味子、草药种子等，回来后分拣、晾晒，出售给供销合作社，用换回的钱购买文具再分给同学。同时，老师会布置写关于秋景、秋收的作文。

刘华杰说，时代变了，有些做法已经无法照搬，但类似的事情还是可以做的。刘华杰对多所中小学恢复博物学教育出过点子，他的话说得很直接：博物或许是成人的一种必要的过程，"成人"指成为健全的人。博物不是科普，对于"成人"，它比科普重要得多。

中国古代文化有深厚的博物传统，刘华杰的信心越来越足，20世纪末，他萌生恢复博物学的想法，但完全没想到有今日的响应度。能感觉到，越来越多的人变得认同博物。

都市里的人也可博物生存，那么会有专业和业余之分么？一个初涉博物生存者会不会因为专家顺嘴说些草木的拉丁学名而却步？会否因此牺牲掉另类的地方知识？

一种草木在当地有个形象通俗的名字，易记易懂，非给它个学名，太生硬，这会不会造成另一种阻隔，导致蕴涵其间的地方文化流失？我专门拿火棘说事请教了刘老师。

在云南，火棘果有个别名叫救军粮，为何这么叫？明朝，建文皇帝朱允炆被其叔叔燕王朱棣所逼，在做了4年皇帝后，大难临头。正史宣布他与儿子在皇宫大火中烧死了，但民间传说他化妆成和尚，一路逃到了云南。亡命天涯，建文帝及随从一路忍饥挨饿。一天，实在是饿得慌，建文帝的随员见路边有一丛丛红色的火棘果，便试着吃了点，味道酸甜略微涩，饱腹解渴正好，一行人便一把一把地摘吃那野果子。后来，民间把这种红色野果叫成了"救军粮"，原本普遍叫做火把果（注：彝族火把节前后成熟）。如是，有关滇地的一些历史传奇便蕴含在其本土名字里了。

刘华杰给出他的观点：所有关于外部事物的名称，都是宝贵的文化遗产，都应当尽可能收集、记录、出版，只有这样后人才可能看懂过去的图书。不是我们特喜欢拉丁名，是因为没办法。拉丁名的一个好处是交流上相对确定，理论上它有唯一性。在学术界一种植物的学名也会变来变去，变得眼花缭乱，细心的话会发现仍有据可查。也可以只把拉丁名当作一种代号，相当于一串数字吧！民族植物学或者博物学非常重视地方名，这个与地方性知识有关。名字中有大量历史、文化信息，包含着生存智慧。现在新编写的某地植物志，都非常重视收集当地人对某植物的称谓。叫法可能不统一，没关系，应全部记录下来。

刘华杰少时的劳动课我也上过，我们在一个属于公家的人苹果园里撬荠菜、挖蛤蟆叶（车前子），掺上玉米糊和大蒜瓣煮忆苦思甜饭吃，我们还背上小背篓去干涸的河床里捡铅锌含量高的矿石交到冶炼厂，在劳动的间隙，我们顺便揪扯些有穗头的草，比如莎草、牛筋草来斗个输赢。长大后喜欢李清照的词，在她早年的作品《浣溪沙·淡荡春光寒食天》里有"海燕未来人斗草，江梅已过柳生绵。黄昏疏雨湿秋千"，全词以白描手法写了熏香、花钿、斗草等少女时代的事物，借以抒发她爱春惜春的心情。李清照写的斗草跟我们的玩法一样吗？有同有异，李清照的斗草也叫斗百草，是自古有之的汉族少女玩的一种游戏，有两种玩法，一种是"文斗"，另一种是"武斗"。"武斗"即是我们的玩法，你的草我的草打成结，双方套牢，然后同时拉扯，谁的草头断了，谁就输了。"文斗"，则是各人把自己采集的花草拿出来，然后一人报一种花草名，另一人接着拿出花草并对答花草名称，一直"斗"下去，谁采集的花草多，种类齐全，谁识花草名多，谁就是赢家。苏东坡也有一句诗，也是说斗草的，"寻芒空茂林，斗草得幽兰"。玩者为了收集到更多的花草，常常要寻遍山川荒野的。斗百草这种失落了的游戏，拿刘华杰的博物生存思想来套，其实就蕴涵着最早的博物行为和长见识。一个少女，她长大总是要嫁人的，她对百草的认知，意味着承担起很多责任，一个家庭主妇在荒年必须识得救荒本草，哪些充饥？哪些有毒？哪些做药？家人病了，她得外出寻几味药草来，煎药熬汤，让病人服下，药到病除。老祖宗有着世界上最古老、最悠久的博物学传统。

去年到普洱市（注：几年前普洱还称思茅）观察到四处疯长的一种开穗状黄花的豆科植物，回来查其名，它竟然是土著种，大名曰"思茅猪屎豆"，尽管当地政府为了向世界推销普洱茶，申明自己是正宗正源的普洱茶产地，不惜煞费苦心地借辖下一小县普洱之名替代了"思茅"，但是"思茅猪屎豆"这个学名是不可能改为"普洱猪屎豆"的，"思茅"这个冠词是摘不掉的了，这也是一种历史的印迹！

获诺奖的屠呦呦从古人的本草医典里获得启发，用现代的方式提取了青蒿素，向世界证明并宣示了中国传统医学（博物学传统之一）的精要之处及其非凡的针对疟疾的高效有用性。刘老师回答国人功利性极强的提问时说博物是无用而美好的事，不过，他又强调：当下的无用性有可能蕴藏着长远的有用性。刘老师所言极是！

沙地上扎得很深的柳树根。随 UNESCO 水利项目成员到陕西
榆林神木考察，2007.07.13。

樟树叶上正在交尾（配）的青
凤蝶（*Graphium sarpedon*），
湖南长沙岳麓山，2005.08.16。

刘华杰 2016.08.28 采集于湖南
新宁的银杏大蚕蛾的蛹。

2016.08.28 采集的银杏大蚕蛾蛹，2016.10.17 在北京蛹羽化，成虫破茧而出。

北京大学勺园秋景。

细腰蜂（蜾蠃）修筑的像坛子一样的泥巢。泥巢中有捕捉来的其他昆虫的幼虫，细腰蜂在其体内产卵、成长。捧碎泥巢后（下图）可见捕捉来用于养育后代的蛾类幼虫。《诗经》中说"螟蛉有子，蜾蠃负之"。古人误以为蜾蠃不产子，喂养螟蛉为子。实际上蜾蠃把螟蛉幼虫衔回窝中，用毒针麻醉它们，在其身上产卵。这样螟蛉幼虫活着的肉体就成为了蜾蠃后代的食物。摄于湖南长沙岳麓山，2005.08.16. 感谢张巍巍的解释。

安息香科秤锤树（*Sinojackia xylocarpa*），
南京中山植物园，2014.10.31。

陕西秦岭太白山顶峰南侧的一个小褶皱的背斜构造，
2005.05.01。

刘华杰栽种的布朗李子，北京昌平，2016.04.01。

蔷薇科山刺玫（*Rosa davurica*）的果实。吉林松花湖，2016.12.19。

第二章
重新发现博物学

重读卢梭后的新发现

在中国，提到卢梭，会有些人知道他是写《忏悔录》《社会契约论》《爱弥儿》的思想家，却很少有人知道他还留下过一本有关植物学的著作《植物学通信》。

卢梭的非凡思想与植物学有何关联？起初刘华杰也怀疑，写这书的人是那个法国的卢梭吗？刘华杰求人从海外购得了卢梭的《植物学通信》英译本仔细读，果然是他！自然而然地，刘华杰把启蒙思想、现代与后现代思想与卢梭对植物的探究联系在了一起。

2009 年刘华杰推荐并鼓励自己的学生熊姣博士翻译这部中国人几乎不知道的卢梭著作，并向北京大学出版社推荐出版。在这本书里，刘华杰读出了卢梭研究植物学对其进行"精神治疗"的含义，观赏植物、研究植物抑制了卢梭的神经质。植物、植物学让卢梭心境平和，孩子气十足，从而忘却生活中的种种烦忧。

刘华杰对卢梭的《植物学通信》有以下评价：名义上这书是向一位小女孩讲述植物知识，但他对植物的细致观察、探究与当下科学家做植物科研的动机、态度、规范和方法是有区别的。这也可视为博物学与科学的差异。卢梭曾坦率地讲，那些一辈子摆弄瓶瓶罐罐的学究瞧不起植物学，照他们的说法，如果不研究植物的效用，那么植物学就是一门没有用处的学科；只把植物看成是满足我们欲望的工具，我们在研究中就再也得不到任何真正的乐趣。

"作为启蒙学者，卢梭一方面是现代性的始作俑者，另一方面是现代性的深刻批判者。前现代、现代和后现代突然经卢梭一个人而迅速串连起来，在他身上，这三个阶段都有表现。卢梭一直在鼓吹'自然状态'，通过政治哲学又提出了'公民状态'，但他对即将到来的全面现代化进程又表现了深深的不满，因而提出了许多后现代学者才有的社会批判观点。"

刘华杰说："回想起来，我们对'启蒙'的理解是多么天真啊！这样单向度解读卢梭的缺陷是，只看到与当下现代性观念相一致的思想。于是卢梭的自然观念被置于次要地位，没有与他的教育学、哲学、政治学联系起来，以为卢梭的植物学爱好是可有可无的修饰或者晚年的无奈。现代人已经自动放弃辩证思维，只认单向度的效率，不知道慢本身也是一种重要价值，无法感受老子《道德经》讲述的另一套价值体系。"

重读卢梭后发现他是一个研究植物的博物学家，刘华杰便想到卢梭思想的光芒所以胜人一筹，正是因为他比别人多了一个反思的维度。卢梭与其他启蒙思想家保持了相当的距离，他因植物研究多出了一个参照系，这是卢梭的重大收获。

按今天一些人的眼光看，博物学是过时的学科。但是在亚里士多德、卢梭、达尔文的时代，对大自然的万象感兴趣，拥有广博的生物、地学和物候学知识，是学者应具备的基本素养。19世纪达尔文演化论的发表是博物学成就的最高峰。之后，随着现代分科之学的发展，它像大河断流的过程一样，渐渐流向生物学、气象学、地质学等学科，当科学研究完全进入了实验室，博物学和博物学家之名谓也随之从科学界消失。

刘华杰说，他从事的是一项力量微弱，甚至可以说是逆时代潮流的工作。他要在科学之外为公众感受、理解大自然延续一个传统、开辟一条道路。

理科男出身的刘华杰对科技的发展并不抱持全面的乐观，在《星际穿越》等科幻影片和科幻小说《三体》在中国越发看好的今天，他坚定地认为"太空移民只是一个神话"。他曾多次就霍金的太空移民说加以评论，认为物理学家霍金先生显然忽略了演化论、博物学上关于"适应性"的考虑，所言放弃地球家园是不负责的表现。如果需要贴标签的话，刘华杰他是一个不很在乎数理星空而关注博物地球的哲学家，一个有限怀疑论者，18 世纪苏格兰的休谟是他喜欢的科学哲学家。刘华杰写的略带科学怀疑论的书籍在学术领域不占据主流位置，是'小众'书，科学哲学和科学传播学的探索都在为他的博物学文化研究做着准备，当然这是事后看才知道的，当初并无法设计。

以刘华杰的智力、活动能力，在主流话语中做一番事业，不是大问题。在读大学的 20 世纪 80 年代初，他就设想了数码摄影的基本原理和技术路线，90 代末也曾申请域名办起中国第一批网站，他还最先采访报道了清华的朱令事件，也曾撰文描述这个世界由 A（原子）到 B（比特）的转变。他也不缺乏商业头脑和实干精神，读书时就曾摆过地摊卖书、策划过演出。不过，他牢记父亲的教导，要看得远一点，要做更有意义的事情。刘华杰复兴博物学的举动，也不是瞄准眼前的经济效益，虽然从结果看，许多行业方向与博物结合可能蕴藏着商机。刘华杰自我评价时说，"我认为赚钱不是最重要的，普通人好好活着最重要，而这样想是反主流的。人们要过高质量的生活，过上小康的日子，博物是一个重要选项。"复兴博物学，着眼于整个地球，涉及所有人，并非只有中国人，更不是刘华杰一个人。时间尺度的考虑不是几天或几年，于个体，将涉及某人的一生，于国家、民族、人类和大自然将涉及百年或者千年。

对很多现代中国人来说，博物学是个陌生的词，大家都过着惯性的生活，一代代更迭，早已不再追问：这，是不是我需要的？在刘华杰看来，现代性的风尚其实并不很久，不过几百年，对于中国甚至不到一百年；人类在大部分时间里并非如此机械地、急急忙忙地生活着，而是博物地生活着。作为贵族，可能向往诗意地栖居在大地上，普通人不是贵族，却不必诅咒贵族气质和精神。人类相当一批精神遗产是具有贵族气质的巨人创造的。

刘华杰以一种相对"退"的姿态处世和致学。一度他处于学界争论的"风口浪尖"。十多年前他与其他几位年轻学者并称"F4"，在致力于科学传播、抨击伪科学的同时，反对极度的科学主义。

在现代化进程中，刘华杰这个亲近自然的博物生存者最头痛、最不爽、最不自然的事是什么？

刘华杰先是个哲学家，然后成为博物学家，他的回答令我觉察到他面对自然时的孩子气。

"比如叫不出一株草的名字，查也一时查不到。比如观察不仔细，回家鉴定时，发现拍摄得不全面，有的特征没有拍好。我一般不采标本，所以许多鉴定只能依赖于多角度的拍摄。再比如，想看的东西太多，时间不够。人总是有点贪，搞博物的也不能免俗，但我会经常提醒自己，差不多就行了。我下一步要更进一步熟悉家乡，但也要到远方旅行拍摄，这两者是有矛盾的，我的解决办法是兼顾。有时我总要提醒自己家乡的要优先。还有，对自己语言表述不满，好的东西头脑中有图像，心中也有情感，但是文字表达不好。这可能是最大的问题。安慰自己的办法是，不必都写，别人也可能感受到了、知道了。生活中最不自然的事是，拒绝朋友的一些约稿、聚会请求。我知道人家出于善意，但我必须学会适当拒绝，否则就没有自己的自由了。"

其实，随着采访的深入，我最想问刘华杰的问题，是关于人与自然终极关系的问题。有过生物学素养基础训练的我，大学毕业后到一工厂工作，跟所学没一点关系，后来业余写作。如今，三年前因为用手机偶然间拍到的一只苍蝇，很大程度改变了我的业余生活。那是一只停歇在雨后芭蕉叶上的丽蝇（绿头苍蝇），它的美丽打动了我，我开始关注昆虫。在亲近自然后的这三年来，最大的得益是解决了自己面对生死的终极问题，从前的我不敢正视死亡这个话题，现在我信奉一句话：原本山川，极命草木。人与虫豸是不同的物种，共生于地球上，正是众生平等。我跟草木一样，我蹲下身子，向草木学习，与虫子沟通，我人类的单眼平视虫子们的复眼，我真的感觉到它们对我是有表情的。我怕什么呢？生死皆在山川里，人死正是一个有机体向无机物的转化，无机物最后又去滋养万物，这样的一个过程，难道不是生命的轮回？

大自然给我的这点启悟和智慧我对刘华杰老师讲了，他也把击中过他的感悟分享："有同感。我虽然以前没怎么想死的问题，但于死我确实不怕、不在乎，因为觉得自己够本，没什么遗憾的。我也偶然有神秘的体验，感觉自己是大自然的一部分。这个说起来，别人会不信。只是这样的感觉并不是时时有。博物令人幸福、满足，这是不争的事实。说到死，我完全不明白一些人为什么那么在乎购买墓地，要花几十万元！我死后，希望家人能把我的骨灰悄悄撒在校园某处的树下或草丛中，让那里的植物长得好一点。来自大地，回归大地。其实这不会带来污染，对那里的草木来讲'我'只是些肥料。人的一生相对于大自然是极其微不足道的。个体能够留下的只可能包括两样东西：基因（gene）和拟子（meme，道金斯提出的一个与物质基因相对应的概念）。于前者，没有后代，就什么也谈不上了；即使有后代，基因也会一代一代稀释，管了这代管不了下代。于后者，个体可以为世界贡献若干ideas（想法），影响许多人，成为真正的思想家是一条道路。但时间长了，ideas能否真的传卜去，很难说。首先必须是自己有创新的思想，其次必须是足够有趣有益的思想。创造有特色的拟子，要有一定的视野和品位。"

✏️ 采访者手记

起初，刘华杰是对草木有情的痴人，天涯寻芳草，檀岛弄花事，燕园补录草木，继之，他再以自身的哲学修养，自然也必然，纵横捭阖，把人与自然的关系，经纬线穿梭地梳理出当代博物学的理论，非他莫属地成为当代中国博物生存理论兼实践的大家，横空出世！

心有戚戚，自然是人类的治愈系，自然给予我们的灵魂最好的抚慰。

万科松花湖滑雪度假区滑雪场的白桦林，2016.12.17。由吉林长春龙嘉机场乘大巴可到度假区（位于吉林市丰满区）。

博物者的情怀，去远方还是居于本土？

少时在家乡山野里的刘华杰是得天地厚爱的，但后来读大学本科学地质，硕博学哲学，竟然把自然丢在一边好些年，说起这事，刘华杰觉得特可惜，在他看来人须臾都不能怠慢自然，疏远自然。博物者需要什么样的情怀？去远方还是居于本土？像诗人海子说的，以梦为马做远方忠实的兄弟？像约瑟夫·洛克不远万里来到云南丽江？还是就盯着眼前这小块立足之地？

与刘华杰老师的对谈渐入佳境，我的问题大胆而泼辣起来，更加直截了当："刘老师，做个博物生存者，应该具备什么情怀？您在拿博物学与专业科学作同与不同的比较时说博物学门槛低，我能理解，但我认为博物是需要情怀的。在云南丽江雪嵩村待了20多年的植物学家、探险家洛克先生在中国的历史档案馆里被定义为'美帝国主义的文化侵略分子'，他的《中国西南古纳西王国》《纳西语－英语词典》是他对纳西族文化经年研究后的大作，现在仍是纳西族文化史的重要遗存。作为媒体人，我在 1999 年采写过一篇文章《洛克与世博会的隔世情缘》，大体说的是他当年因为把滇西北无比多样的植物种子输送出去，给了世界顶尖园艺高手们培育新种的可能，最终大大丰富了西方花园的色彩，世界得以缤纷绚烂。刘老师在博物理念里一再强调博物本土化，那么你如何评价洛克先生这样的博世间万物的情怀？"

刘华杰被我这个有点尖锐的问题激活，一封长信到了我邮箱里：

这个思考提问很好很关键。这涉及了家园本土与远方。博物也猎奇，这好理解。外行人想像的博物学家就是到远方探险、采集。这只说对了一半。博物学家中的确有一部分人，在远方探险这一方面做得特别突出。但那也只是一部分博物学家。还有相当多的博物学家不是这样，比如怀特，他一生主要在家乡塞耳彭，写了一部书《塞耳彭博物志》。另外，从训练的角度讲，不了解近的，远的也不可能了解。近代西方国家，早就把近的搞得清清楚楚了，才开始向世界扩张，拿远方人家的好东西。目前的中国并不是这样，我们的百姓甚至科学家，对自己的家底还不清楚呢。北京周边有什么，校园中小区中有什么动植物？绝大多数人不知道，我们的媒体根本不报道这些自然物。文学、艺术也很少关注乡土自然事物。现在引很多人兴趣盎然的户外活动，以健身为主，以平视、对话的方式关注山川、岩石、动植物的，还是较少的。

洛克这个例子，就很能说明问题。他为何能来中国？当时的美国哈佛大学、农业部、国家地理杂志为何会雇用洛克？

洛克根本没读过大学，也没科班学过植物学、地理学，也没学过摄影。他之所以受雇而且雇主给的钱非常多，原因在于来中国之前他做得很棒，有信誉。即他对夏威夷本土植物的研究相当精细，那份工作充分显示了洛克的学术能力和交际能力，包括语言能力。我大约猜到了这种情况，我2011~2012年到夏威夷就是想在细节上确认这件事。洛克的成就有两大部分：对夏威夷本土植物的研究，贯穿一生，去世前他还在做这方面的工作；他对中国纳西族语言文字和宗教的研究。

1955 年的洛克。2011 年 11 月 17 日，洛克的遗嘱执行人 Paul R. Weissich 先生在夏威夷将此照片赠送给刘华杰。

他的植物采集现在看属于副产品，算不上大成就。他在中国就植物学主题没有发表过一篇严格意义上的论文。他采集的植物标本数量还可以，但质量一般，新种也不多。在我看来，洛克首先了解本地（夏威夷），然后才能应付远方（中国）。

另外，公众博物学的导向，不能只是远方，必须先强调家园。要先搞清楚自己家乡的东西，对它们一清二楚，对它们有感情，然后才可以考虑别的。这样的定位才可使博物学有根。1955年中国翻译过一本前苏联的小书《研究自己的乡土》，书名太好啦。知识点已经过时了，但思想没过时。每个地方都应开展这样的工作。可以科学地做，也可以博物地做。对于百姓，只能是后者。对于学生，还要了解第二故乡，即校园。

博身边之物，了解你的原乡原土。

重新回归自然后，刘华杰获得的最大益处是什么？是为自己另外找到一条学术道路而庆幸？还是在自然山野的怀抱里找到一种幸福感价值感？找到了一种健康绿色的生活方式？

刘华杰的感觉是，那个过程就像上山看植物一样，虽有预期，但总是有不期而至，而恰好是未曾料到的突然呈现，才真正令人欣喜。

刘华杰初中毕业没去读师范而是上高中，是希望能考上大学，并不敢想一定考上什么样的大学。到了高中，感觉学得还可以，便想着上一所好大学。后来考上北大。一切都是一点一点来，一步一个脚印。

刘华杰从故乡本土出发，藉博物学的研究成为积极的博物生存倡导者践行者，从而走向世界。

✎ 采访者手记

2015年我集中阅读了几本博物学经典：《一平方英寸的寂静》《看不见的森林》《沙乡年鉴》《大自然的日历》《杂草的故事》等。这些书都有个共同点，写自己熟悉的本土物候生态。《一平方英寸的寂静》甚至是在一平方英寸那么大点的地方，设立一个原点，声音频率的捕捉者持续地对人为噪音，比如天上飞过的飞机噪音或旅游者的动静、话音对寂静的干扰和侵犯作记录。后几本书直接是作者对生活居住地的周边环境作全年的日记观察和描述，以生动而丰富的细节捕捉，如实描述生态及个体生命的多样性。巧的是商务印书馆2014年出版的《看不见的森林》正是刘华杰的学生熊姣翻译的。刘华杰的博物学影响力甚广。说起这类事来，刘华杰谦虚地说，也没觉得教过他们更多的东西。我回复说，老师的博物生存理念植入了听者的心里，一种示范完全可开悟一个人。我笃信博物生存这种生活方式正随风潜入夜，润物细无声。

《看不见的森林》作者美国生态学家哈斯凯尔在深圳领奖。此书中文版的译者就是熊姣。深圳中心书城，2016.11.26。熊姣还译有《造物中展现的神的智慧》《植物学通信》《自然神学十二讲》《达尔文爱你》等。熊姣的专著《约翰·雷的博物学思想》已于2015年出版。

荇菜科荇菜。内蒙古呼伦贝尔，2013.07.28。

第三章

博物学的曲线救国意义

风乍起，吹皱一池春水

2015 年 11 月 14 日，北京大学人文学院，一大早便人头攒动，熙来攘往。天黑时分，这里灯火通明。很晚了，当人们散去时，每人手里都提拎着一个沉甸甸的环保布袋子。那个布袋子上印着鹅掌楸的叶片图和一小行有关鹅掌楸的文字：中国特有的珍稀植物，二级保护植物，为木兰科鹅掌楸属落叶大乔木，该树叶先端截形，形似马褂，有马褂木之称。此属植物全球只有两个纯种，一个在中国，另一个在北美。

这个漂亮的布袋子里装着的都是些精美的图书，有《看不见的森林》《发现鸟类：鸟类学的诞生》《约翰·雷的博物学思想》《植物大发现》《自然之美》《自然的艺术形态》《苏里南昆虫变态图谱》《万物皆奇迹》《海滨的生灵》《燕园草木》《燕园草木补》《博物学文化与编史》《天涯芳草》《博物自在》《博物人生》等。拎着书的人仿佛是拎着些宝物，爱不释手，满脸的喜庆。

原来，这天，这里，中国首届博物学论坛举行。

博物学在中国的复兴迹象渐趋明显，为推动其在中国的良性发展，更好地分享交流中国的博物学同行们各自所做的工作，刘华杰及同行们都觉得，举办一次全国范围的博物学论坛应该水到渠成。

在大家的积极参与酝酿下，"首届博物学文化论坛"隆重召开。论坛由北京大学哲学系主办，商务印书馆、上海交通大学出版社联合协办。

一天的时间，没有领导发言，不玩任何花招的论坛上，每人的发言时间只有掐着表的十分钟！丰富广泛的内容，每一主题的讲座都吸引着所有参会人。察风气之先的出版社、媒体纷纷聚焦此论坛。这给亲临此论坛的中国科技出版社杨虚杰副总编留下深刻印象，她说：论坛的盛况真是没法用语言形容，在现场就能感觉到中国真正在迎接博物学的春天，我聆听了每一个人的发言，不夸张，很多发言者都说到受刘华杰影响，爱上自然爱上博物的历程，这其实令我很震惊，这些年，华杰用自己的力量，支持和影响了很多人。

风乍起，吹皱一池春水。

博物学（natural history）频频亮相显然成了中国近几年一个重要的文化现象。讨论博物学的人越来越多，博物类图书出版更出现了小繁荣的景象，国家社科基金甚至以博物学文化立项。

中华人民共和国成立前知识界都知道什么叫博物学，学校也开设相关课程。过了半个世纪，相当多的人却不再知道，原来博物 natural history 词组中的 history 更确切的含义是"探究"的意思。

论坛的主题涵盖与博物学文化有关的几乎所有方面，涉及一阶工作和二阶工作，论坛上大家交流的内容包括西方博物学与中国博物学，中外博物图书出版状况分享，博物学史研究，博物传统与博物致知方式研究，博物画展示与研究，博物学与旅行，各级学校的自然教育、博物教育，博物学传播与公众参与，博物学家与博物学著作研究，博物生存与生态文明。除了高校和出版社，本次论坛的与会者还包括中学教师、博物教育类机构、NGO 组织的代表及其他博物爱好者。同时，媒体高度关注了本次论坛。

论坛共设置了 6 个专场 4 个专题，分别是：特邀报告、绘画专题、出版与发布、文化探究、教育与传播（上场和下场）。37 位代表分别就自己的关注点进行了简短发言。虽然还有许多代表也积极报名要求发言，但由于论坛时间有限，不得不婉言回绝。

首场"特邀报告"中,刘华杰以"在中国迎接博物的春天"为题拉开论坛帷幕。他结合自己多年博物人生的实践经验,对博物的汉语拼音"BOWU"进行了特有的解读。他还分别从科学哲学、现象学、科学编史学和文明形态四个方面,谈及他关注博物学的理由。《博物》杂志社的许秋汉,从杂志编辑者的角度,诠释了《博物》杂志对博物学的理解与演绎。北京师范大学的田松教授则以"博物学——人类拯救灵魂的一条小路"为题,对博物学的定义进行了阐释。山东大学的刘宗迪深入浅出地解读了《山海经》与中国博物学。北京师范大学的于翠玲教授,就"中国'多识之学'的文献特征及传播价值"做了发言。

论坛的第二场报告就是"绘画专题",最近几年,博物绘画越来越受到年轻人的欢迎。5位代表分别从不同角度讨论了西方博物学绘画的一般特征及其美学价值、宋代绘画与中国博物学传统、蒋廷锡《塞外花卉图卷》的博物学、手绘植物之美与博物学修炼等。这些发言让听众大开眼界,深刻感受到博物艺术的魅力。

在第三场"出版与发布"中,商务印书馆总经理于殿利以"商务印书馆博物出版的过去、现在与未来"为题,介绍了商务印书馆"博物出版"的历史与现状,并重点推介了"博物学书系"。目前学界、出版界均看好博物学。为推动博物学在中国的复兴,于殿利在本次论坛上宣布《中国博物学评论》杂志即将创办。此外，北京大学出版社、重庆大学出版社、上海交通大学出版社、人民邮电出版社、中国科学技术出版社在论坛现场分别推荐了"沙发图书馆·博物志丛书""好奇心书系""博物学文化丛书""植物大发现系列丛书"、《檀岛花事》等重要的博物类图书。

在第四场"文化探究"中，清华大学的刘兵教授，从理论上分析了"科学史博物学编史纲领的意义"。北京师范大学的刘孝廷教授也做了发言。其他代表的发言分别为：徐保军（北京林业大学）的"使徒、通信者与林奈博物学体系的传播"、李兰芳（中国人民大学）的"孔雀东南飞，五里一徘徊——汉晋时期人们关于孔雀的认知"、陈超群（清华大学深圳研究生院）的"草木与诗心"、马洁（北京大学哲学系）的"博物学与澳洲拓殖历史"、张冀峰（山西大学）的"从知识伦理看博物学"。

在第五场、第六场"教育与传播"中，来自不同机构的 14 名代表分别对博物学教育和自然教育进行了解读。著名生态摄影大咖、业余从事昆虫研究成绩卓著的张巍巍先生介绍了他与其他博物爱好者主编的 9 本野外识别手册系列。他在没有任何经费支持的情况下，联合百余名国内优秀的青年昆虫学者和昆虫摄影师，出版了重达 3.25 千克的"巨"著《中国昆虫生态大图鉴》。这充分说明，在中国恢复博物学文化要请教科学家，但不能全靠科学家。毕竟科学家太忙，太在乎发表 SCI 论文。全国各地有地方特色的博物手册（哺乳动物、鸟类、昆虫、植物、蘑菇等）的推出，也许得靠博物学爱好者多加努力才能实现。

整个论坛的会场被挤得水泄不通，许多人席地而坐，专注于他人的发言。两个数字颇有说服力，此次论坛正式注册代表有 105 人，临时注册人员有 100 多人，合计参会人员 200 多人。除刘华杰、刘兵、田松、江晓原、詹琰、徐保军等科学史和科学哲学领域的专家，代表们还包括来自北京大学、清华大学、中国科学院大学、北京师范大学、中国人民大学、北京林业大学、山东大学、山西大学、内蒙古师范大学等各地高校的师生。

北京大学出版社、商务印书馆、中国科学技术出版社、上海交通大学出版社、人民邮电出版社、重庆大学出版社等向论坛赠送了种类丰富的博物类图书。各类赠书合计 50 余种，800 多册。这些精美图书瞬间被与会者"抢"光装进那个论坛组织方特别设计的环保布袋里。

论坛结束后，组织方收到了与会代表的积极反馈，大家也进行了持续而热烈的讨论。

有参会代表说："包括我在内的大部分人都是初级的博物爱好者，仅仅停留在大会开始时各位专家所提倡的多识于草木鸟兽之名的层面上。然而，现在网络这么发达，认识草木鸟兽太容易了。博物学不是炫耀你知道多少，而是知道过程中对自然和生命的思考。"

关于复兴博物学的意义，北京师范大学的田松教授从理性层面说道："博物学提供了人与自然相处的最基本的途径。要建设生态文明，在意识形态层面需要以生态自然观替代机械自然观，从人类中心主义转向非人类中心主义。博物学提供了这样一种可能性：人类意识到自身对自然的伤害，与自然和解，重新达成和谐。"

刘华杰是这次论坛的发起倡议者，论坛的成功举办令他欣慰，他从感性层面表达了"博物人"的心理感受，他引用了电影《风中奇缘》主题曲中的一句歌词："I know every rock and tree and creature has a life, has a spirit, has a name."（我知道，每颗石头、每棵树、每个物种，都有生命、灵魂和名字。）

蔷薇科缘毛太行花。河北
武安，2015.03.29。

博物学的春天
及其凸显的
曲线救国意义

一部手机在握，便让传统平面媒体在数字化生存的时代背景下哀鸿遍野。可是，2015年末，《中国国家地理》的姊妹刊《博物》杂志发行量却迅速增长，目前的发行量保持在每月20万册左右。

了不起的《博物》杂志！这个信息显示，博物生存方兴未艾。十多年前刘华杰为《博物》杂志的试刊号撰写了发刊词，创刊之初杂志也曾办得有些艰难。

《中国国家地理》杂志执行总编辑单之蔷先生说："中国的博物学在现代意义上的复兴和发展，是华杰教授他们努力的结果，记得2004年在北大上课时，华杰教授提出博物学的复兴，并且身体力行，率先投身植物识别，在华杰的影响下，我们《中国国家地理》杂志社创办了《博物》杂志，当时也不知是否能为社会接受，没想到，10年过去了，华杰开创的事业红红火火地在中国开展起来，我们的《博物》杂志也获得成功，发行量节节攀升。感谢华杰教授。"单先生曾在北京大学进修过科学传播硕士课程，刘与单是老乡，很快也成了朋友。

其实，2013 年，刘华杰便觉察到博物学的春天要来了。2012 年他申请的一个普通研究项目石沉大海。2013 年，国家社科基金重大项目的申报开始，这次他的题目是："西方博物学文化与公众生态意识关系研究"！

单说博物学评审过不了关，单提生态意识的项目又太多，两者融合在一起，这个题目吸引了评委们的眼球。最终，刘华杰拿到了 80 万元的国家社科基金重大项目。这是空前的，博物学第一次入选国家最高级别的研究项目。

十八大后，生态文明建设被反复提及，十九大报告明确指出，我们要建设的现代化是人与自然和谐共生的现代化，既要创造更多物质财富和精神财富以满足人民日益增长的美好生活需要，也要提供更多优质生态产品以满足人民日益增加的优美生态环境需要。博物学凸显了它对社会可持续发展的曲线救国意义，2014 年，图书出版市场博物类图书雨后春笋般"噌噌"冒出来，大量译介自国外的博物类书籍纷纷涌入，站在中国当代博物学复兴潮头的刘华杰如春风拂面。

在中国，有多少人在刘华杰和他的同行们的倡导下博物致知呢？

"实际在做着博物之事的人并不少，但是他们多数人不知道那是博物！这与过去学校的片面教育和媒体片面报道有相当的关系。在我的忽悠下，走上博物之路的，不好统计。可能有一些吧，也不会太多。有些人是看了我的书，受了影响，具体情况没法统计。不过，就博物学文化而言，我们做得相对多些，主要是尽可能扩展一下，让人们意识到还有一种古老的学问、认知方式、生存方式，它叫博物。另外，我尽可能挖掘西方丰富的博物学文化，也明确指出博物的多样性，其中的'某一款'可能适合自己。没有博物学文化的研究和宣传，博物学走不远。"

为推广传播博物生存理念，刘华杰的每次讲座几乎都要详解博物与科普的不同。这两件事常被混淆，唯不厌其烦地一再阐释。博物强调体验，需要人去亲历、去辨识、去实践，进而可上升为一种生活方式。博物学不强调被教育，而强调主动学习。主动和被动，完全是两个概念，差别巨大。绝大多数人不喜欢被动。博物学讲教育时不突出知识，而是突出情感和价值观，诱导人们对大自然某些方面感兴趣，从而引发自己主动学习。

在《博物自在》这本书里刘华杰发过一番感叹：我们活着却泯灭

太多的初心，甚至将孩子俯下身去看蚂蚁，去抚摸流浪猫当成愚蠢，可现实的困境是——失去了幼稚，也就失去了敏感；失去了感动，也就失去了爱。

同行田松的环境哲学课程经常请刘华杰帮着带，他的任务是在室外具体告诉学生们一些植物的名字、所在的科及相关知识。北大、清华、北师大三校科技哲学这一学科的老师、同学经常会互通有无，差不多每年都组织集体野游。大部分搞科技哲学的老师都对博物有兴趣，非常支持刘华杰。他们认为博物学可以部分修正对科学、对文明的印象，要改造社会，博物学可能会有点用吧。

刘华杰的长远设想是，带学生先做国外各种类型的博物学家研究，若干年后，再做中国的。先做中国的，因为没有参照系，许多事情看不清楚。他的在读博士王钊是第一位做与中国博物学有关的学生。王钊以一篇博物学论文参加全国科技史学术讨论会，论文获得二等奖，得了 2000 元钱，全会只有一个一等奖（一位老师获得），一个二等奖。他那些毕业了的学生里分别研究林奈、华莱士、班克斯、女性植物绘画的排兵布阵，渐成体系，说起自己的学生来，刘华杰很得意。

那么，刘华杰是中国当下倡导博物生存最得力的推手么?

谦虚的刘华杰说："就博物生存这 4 个字及与之相关的行为，我可能的确是第一，英文词组 living as a naturalist 是我编的，中外都不曾有人这样叫过。但是，并不能说我做得就最好！有的人可能不知道博物两字，不知道博物生存这个概念，但实际上人家在实实在在地博物生存，我们不能埋没人家的贡献，而应当像人类学家一样描述他们，把他们的生活记录下来，进行研究、推广。"介绍当下博物学在中国复兴的经过，刘华杰总是不忘谈起其他人做出的重要贡献及给他本人的种种帮助，比如他会经常提到吴国盛、刘兵、黄世杰、田松、江晓原、单之蔷等。

刘华杰的言谈里总是会露出些他的哲学背景来，私下里想，刘华杰之所以成为今天的他源于他所受的教育，无这些条件和背景似乎这门学问还得等另外的人横空出世，去实践，去研究，去传播。

学哲学有一个好处，思想资源多。刘华杰把完全不同领域的若干事情联系在一起思考，比如他注意到了阿米什独特的生存方式和对待高科技、现代教育的态度，并把阿米什介绍到中国。另外，他把环境史、自然文学、环境美学、环境伦理学这些新学科有机联系起来，与博物学结合起来。读刘华杰的书，知道他搞博物背后有"生活世界"现象学、波兰尼"个人知识"科学哲学、新型科学编史学、现代性批判这四条线索的理论做支撑。

刘华杰说："环境史已经成为史学中的一个热点，程虹女士早就在做自然文学研究，但他们都没有将自己的工作与博物学关联起来。联系是非常明显的，只是他们未意识到，其实，一点就破。那些写自然文学的大家们无一不是博物学家。环境美学中讲到'自然全美'的思想，在大自然中各个层面都可以找到美。环境伦理中利奥波德的《沙乡年鉴》讲土地伦理也与博物学有关，他本人就是博物学家。中国有无数研究利奥波德的人，但几乎无人强调他的博物学家身份。类似地，写《寂静的春天》的卡森也是博物学家，她也自称是博物学家，但是在中国，人们几乎从不提她的这一身份，只说她是科学家。我早就发现不对头，有那么多科学家，为何他们没有对环境问题敏感？为何在20世纪60年代有那么多科学家、科技公司攻击她？后来，当卡森胜出了，人们把她算成了科学家。这些判断意味着什么？意味着，博物学与生态保护有某种内在关联，不能说是必然关联，但确实有相当强的关联。建设生态文明、保护环境，自然不能忘记公民博物。当前中国有许多口号，如：可持续发展、发展是硬道理、生态文明、以人为本、和谐社会、科学发展观等，但它们并非都兼容得很好，需要适当排排序。这些口号按优先次序我认为应该如下：生态文明＞和谐社会＞可持续发展＞以人为本＞科学发展观＞发展是硬道理。"

刘华杰认为重建博物学与文明批判有关。目前的文明有许多问题，有些人已经感受到了，更多的还未被普遍意识到。单纯批判并不能解决问题。恢复博物学这件事，包含对现有文明的批判，也是对新文明的一种憧憬、一种行动。

许多人喜欢随大流或者赶潮流，对世界对人生没有思索，不知道目前的工业文明是不可持续的、不知道自己随大流的生活方式对环境系统无好处，对自己也未必有好处。

然而，越来越多的人认识到目前的发展模式有问题，开始学会尊重多样性。

✎ 采访者手记

生态文明＞和谐社会＞可持续发展＞以人为本＞科学发展观＞发展是硬道理。

我对刘华杰的这个热词排序很感兴趣，是否该给各地各级官员们专门上一课呢？在当下渴念乡愁，嘴上时时提及生态文明这个词的人多了去，他们都该听刘华杰一堂博物学大课！

在某地，曾经发生过一件荒唐的事，当地官员因对其辖下高速路沿线因采石过度裸露难看的山崖不太满意，又等不及植树种草改变面貌，便异想天开指挥着一些人用绿色染料把那"难看的"暴露处用"绿色"遮蔽了事，却欲盖弥彰，愚蠢至极！但就是这种已被媒体报道批评过多次的事至今仍有发生。这样的裸露其实若有心或有点常识，栽种些爬山虎，一两年后便绿色蔓生……

棕榈科水椰的果实。

人类并非是一个有道德的物种

理论上，刘华杰很忙，时间应当不够用。上课、带学生外出博物、搞讲座、野外考察、写作、接受采访，整个人像被时间之绳抽打着的陀螺停不下来。但他尽可能不为外部牵引所左右，他不断在"做减法"，不轻易答应别人做某些事情。

博物学文化论坛的成功举办，给教育机构的参会者们很大的鼓舞，关于博物教育的议论成为热点话题。

绕山绕水，绕过博物生存的高山大川，落脚于博物教育这个话题。

刘华杰对此永远有一腔热诚：清末民国时期，博物学在各级教育中还是有一席之地的，特别是一些启蒙教育，博物色彩很浓，这可从当时的教材看出来，如《幼学琼林》《澄衷蒙学堂字课图说》，高等学校中也有博物课，甚至有博物部、博物系。解放后新中国教育资源有限，国家急需实用人才，博物学自然靠边站。几十年后，中国的教育已经发展为世界上最庞大的体系，每年颁发数量最多的博士学位，"科教兴国"已经成为国家战略，但仍然没有博物学什么事，各级课程体系中根本就没有博物的字样。这与当今正规教育的导向有关，与教育界想培养什么样的人才有关，即与教育的目的、方针、政策有关。当今教育是"现代性"范式下的教育，以培养对大自然、对他人有竞争力的主体为基本职责。在这样一种状况下，博物学的确落伍了，因为它"太慢""不深刻""没力量"！

"很多年轻人包括您经常带领着去野外识花认草的那些孩子们，他们会不会只是一时对博物有点兴趣，其中很多人最终还是被这个世界驯化、驭使、规定，而对自然没有真正的审美兴趣和真挚的情感？"

"中国的孩子主要是没有时间和自由。他们无法给自己做主！这是要害所在。许多孩子其实不必读大学。在发达国家，有些人也放弃读大学，不是读不起，也不是智力不够，只是不愿意读，而愿意读技校。其实中国最缺少熟练工人、技术工人，教育的大部头不应当是大学，而应当是技校。孩子受世风习俗影响，导致他们有自然缺乏症。这不能怪孩子，只是大人的错、社会的错。"

刘华杰一直通过各种平台呼吁教育部门要减少应试教育的比重，

让学生有更多时间和机会接触大自然，应当结合社区、家乡的具体情况编写乡土教材，教育学生熟悉家乡的历史、自然环境、生物多样性，即让孩子从小掌握一些地方性知识，这些知识可以受用终身。孩子了解、热爱家乡，长大后会想着报答家乡。

一枝一叶总关情，爱着家乡的一草一木方是念念不忘乡愁的那个结。

采访期间，遇上世界读书日，刘华杰说，他一向读书很乱很杂。什么书都看。最近他集中读亚里士多德大弟子塞奥弗拉斯特的两部植物学书，并读与此相关的亚里士多德的范畴理论、命名思想。西方发达国家的博物学有传统，首先表现为有大量相关图书，价格相对便宜，书店中有独立书架。中国现在的博物学处于起步阶段，近几年发展较快，甚至比他预期的要快。

2016 年 4 月下旬，美国的 Julia Haslett 教授来北京大学就博物学对刘华杰做了访谈，做环境史、搞科技史研究的两位教授极力推荐了刘华杰。

5 月 4 日，《中华读书报》大篇幅刊发了刘华杰为《纳博科夫的蝴蝶：文学天才的博物之旅》写的中文版序，书是 4 月份由上海交通大学出版社出版的。这书细致描述纳博科夫做了怎样的研究，达到了什么样的专业程度。这本书的出笼直接与刘华杰有关，他把英文版细读后，觉得非常棒，便推荐给上海交通大学出版社购买到翻译版权。刘华杰说，纳博科夫曾经创作了许多优秀的文学作品，如《防御》《天资》《庶出的标志》《洛丽塔》《普宁》《微暗的火》《说吧，记忆》《阿达》《塞巴斯蒂安·奈特的真实生活》《透明》等，但听说过纳博科夫名字的人，差不多都知道他是一名作家，却多不知他还是一位博物学家，是蝴蝶蛾类的顶尖研究专家。1977年去世前，纳博科夫一直颇在意自己在科学史、博物学史中的地位，最在乎在博物馆、标本馆中的标本上贴上一个红标签，红标签意味着"模式标本"，发现了新种。21世纪，纳氏的一个猜想在半个多世纪后终被证实，他的蝴蝶研究才得到世界昆虫学界最终的高度评价。

晚年的纳博科夫在诗歌《致我的灵魂》里，把自己说成是"没见过世面的大自然的热爱者，一个迷失在天堂里的偏执狂"。

刘华杰何尝不是这样？一个自然的热爱者，一个草木花痴，以哲学家的身份硬在博物学界弄出了大影响，他之博物生存理念何止只在专家学者那里转悠，他的影响力有时如人体微循环里微细血管的传播方式一样，涓涓细流般输送到了远方。

5月中旬，刘华杰飞往广东中山市讲学，我对他的采访中断一周。

起先我猜他是受当地教育局官方邀请，未曾想，邀请方是广东中山市一所叫"湖洲山森林学园"的民办小学，校长张为先生对博物学教育很感兴趣，曾专门到北京面见刘华杰。那所学校承包了一片山林，又租了山下著名的詹园办学，詹园是岭南著名的私家园林，环境优美，学园的入口处一副对联引人注目：务农学艺练就修身真本领，格物致知写成济世大文章。博物生存的敏感性神经末梢看来在民间。刘华杰受邀前来给老师们做培训，讲博物课程设置。在讲课过程中，刘华杰带领学员们进山博物。外出之前，刘华杰把他从北京带来的小旗帜拿了出来，那上面印着"博物自在 living as naturalist"的字样。要打出旗帜，需要缝合一个部位，没针线，刘华杰当即从园子里的剑麻那里打起主意，他利用一棵尖利的剑麻刺做针，然后顺势撕下"针"后面的纤维做线。

穿针引线是沟通，这次没有"穿针"，"线"天然地有了，且使用上了。这样的博物生存示范给学校的老师们提供了一个生动的教学案例，信手拈来，却予人深刻的启示。

6月4日，首都图书馆，刘华杰做了一场讲座，主题是"如何理解奥尔多·利奥波德与《沙乡年鉴》的博物教育"。

在刘华杰看来，在正规教育中恢复博物学课程只是一个方面，当前更主要的是要在课外自学中向所有人推广博物学理念，倡导博物学生存。博物，是一种生活方式。这种生活方式健康美好，于个体、群体、家园、地球、天地皆是利和益。

对于博物生存，刘华杰感叹不断："在今天科学技术高速发展的时代，我们还能否像前人一样，感受《诗经》中描写的杨柳依依、雨雪霏霏？还能否拿出时间去看看一片树叶、一朵花？云南有句老话，叫好在，意思就是好好活着。如今我们提倡博物学，就是提倡好在。说起来简单，但需要坚持。"

没想到，刘华杰竟然晓得我们云南人特有境界的一句土话：好在！好好在着，好好活着——人类朴素至极的向往！

在刘华杰看来，博物学不是现在才有！国外有大批优秀的博物学家和博物学著作，中国也有，中国历史上有许多优秀的博物学家和博物学作品，如张华、郑樵、沈括、徐霞客、李时珍、李渔、高濂、吴其濬、曹雪芹、李汝珍等人的作品。现在也有，只是人们不太注意罢了，比如季羡林的《蔗糖史》，赵力的《图文中国昆虫记》，张巍巍的《昆虫家谱》、安歌的《植物记》，付新华的《故乡的微光》，徐仁修的"蛮荒探险系列"，朱耀沂的《蜘蛛博物学》、《成语动物学》和《台湾昆虫学史话》，郭宪的《那些花儿》，阿来的《草木的理想国：成都物候记》，李元胜的《昆虫丽影》等。

如今还是有一些人，在日常生活中挖掘到了博物的乐趣，享受到融入自然的美好。

那么普通人呢？刘老师说，人人可以博物！刘华杰曾微信发我三张图：一本书的封面、书的勒口上作者简介、书扉留言，留言是一位叫林捷的浙江省的公务员写给刘老师的话：

……作品最初的灵感来源于您的《檀岛花事》，而我对植物学的研究理念来源于您的一句话。现在我正朝着这个方向努力，并收获了许多……

书名是《璜山那些花儿》，作者林捷曾任职浙江诸暨璜山镇党委副书记，她对她熟悉的土地上的花儿作了自己的博物档案。

如今在植物手绘领域颇有影响的葫芦岛市科技馆的李聪颖女士在微信中自我描述："一个二流大学毕业的理工女生，一个远嫁他乡的勇敢女孩，一个事业小成的女汉子，一个丢掉梦想的普通女人，偶然邂逅一只斑衣蜡蝉，重新拿起画笔；因为读了刘华杰老师的书，开始关注博物。手绘植物之美，追逐博物之光，改变生命方向。时间虽然不长，但是乐在其中、收获颇丰、愈爱愈浓。"

而刘华杰与一对"植物人"父子的故事更让人感叹。这对父与子，父亲叫罗仲春，身份是老一辈林业工作者；儿子罗毅波是中国科学院植物研究所的研究员，中国植物学会兰花分会理事长。

父子俩从 1979 年至 2006 年共 27 年采集并压制标本 8911 号，约 7 万份。2008 年罗仲春与其子罗毅波合编 400 多页高质量的植物名录《新宁植物》出版，共收录维管植物 239 科 1035 属 3157 种。每一种植物均列出一至数号标本作为鉴定依据，其中每一号标本均有标本产地、海拔高度、生长环境、时间、采集人和采集号等野外记录。刘华杰说，目前中国有着丰富植物资源的县市不少，但研究程度不等，能做到这一步的极少。

湖南省西南部的新宁县有个山水赛桂林的地方叫崀山，崀山地貌奇谲风光旖旎，当地政府要申遗。崀山的地质特征当然是重要的一方面，但生物多样性也是十分关键的另一方面。罗家父子的《新宁植物》对后者起到了重要作用。当然，这本书是之前就出版了的，其写作与出版不是为了"申遗"，也不是为了项目交差（目前科学家写东西首先考虑到这一点），而是为了广大植物爱好者，是一次高水平的博物著作呈献。

刘华杰认为此书的类型属于具有悠久传统的博物学著作。他一贯推崇的博物学要真正恢复本土化、本地化，即各地依据自身的自然条件、开展形式多样的观察、欣赏、探究、拍摄、绘画等活动，出版相关的基础性著作。

从前，出版界需要动员熟悉本土地质地貌、物种与生态特点的专家撰写博物图书。这些年刘华杰一直吆喝恢复公众博物学和博物学本土化，呼吁爱好者和专家多写书，更好地服务于大众的兴趣爱好。出版社一直很怀疑有合适的作者，刘华杰肯定地说民间有一些合适的作者，这类潜在的作者与出版社之间缺少纽带，双方互不了解。

罗毅波曾对刘华杰说："我父亲一生没有其他爱好，唯独喜欢植物。"

2009年刘华杰跟着罗毅波去了一次崀山，几天的接触后，刘华杰认为罗仲春老先生对崀山植物了如指掌，且对那里的一草一木怀有浓厚情义，是极少有的专家。刘华杰清晰地记得有一天与罗仲春、罗毅波父子乘越野车到舜皇山。印象中毛竹和野牡丹科植物很多，还见到了果实呈短柱状的猕猴桃、玄参、野生茶树、山茶科柃木、木通科牛姆瓜、绞股蓝。刘华杰看到壳斗科的一种植物，无法定名，采了标本，第二天罗仲春先生鉴定为罗浮栲。后来刘华杰一个人专门找到崀山珍稀植物研究所苗圃，这里有罗仲春先生引种的大量珍稀树木，苗圃处在平缓的山坡上，占地面积不大，但属于他见过的最有特色的树木园，在中国应当排在前列。刘华杰特意仔细观察了其中的银杉（第一次见到活体）、木荷、花榈木、闽楠、润楠、刨花润楠、蓝果树、拟单性木兰、金叶含笑、观光木等，无比欣悦，这让刘华杰对罗仲春老先生肃然起敬。

2014 年，中国科学技术出版社的杨虚杰副总编辑四处寻找博物学图书作者，刘华杰推荐了罗仲春先生。

2014 年 8 月 15 日罗毅波去信告知刘华杰："你建议我父亲罗仲春写一些植物故事，他觉得很好，先写了一篇小文章'天麻是个鬼精灵'。请你帮着看看，是否合适。"当日刘华杰回复罗毅波："读了'天麻'，我个人认为非常好。感觉亲近，语言简洁。老先生对岚山一带植物非常熟悉，一辈子与大山、植物打交道，一定积累了许多关于植物、植物与人的故事。我相信先生写出的文字源于实际而不是像许多人写科普那样抄来抄去。请老先生有空就写下去，我一定帮着出版好。"

罗老先生的文字写得很快，不久就高质量完成了书稿。辽宁葫芦岛科技馆的李聪颖则加班加点，为本书进行植物手绘。2016 年 1 月 19 日《岚山草木情》面世！

刘华杰说："这是一本面向普通读者、写岚山本土植物故事的小书。作者罗仲春从事林业工作达半个多世纪。岚山在中国是个普通的地方，但对于崀山本地居民来说它是特殊的，是自己的家乡。对于为崀山生物多样性保护贡献了力量、倾注了深情的人，它是特殊的，这部小书也是特殊的，独一无二的！它融入了罗仲春先生的丰富经历，饱含深情。此书必然是长寿的，在相当长时间内不会过时。这本书提升了湖南新宁、崀山的知名度，一部小书赛过无数广告，是新宁的名片，它树立了一个具体范本。"

刘华杰说，他如今还想着再有机会去探望罗老先生，去欣赏崀山草木，更想再次品尝那里的山葪菜、铁皮石斛和木姜子的特别滋味。

与此同时，另一本叫《博物

师生游北京平谷石林峡，2013.05.24。

"刘门"随笔集《博物行记》，杨莎主编，2016 年 10 月由中国科学技术出版社出版。

刘华杰带学生拜访"北京之花"槭叶铁线莲。左起为杨莎、王钊、马洁。右上角开白花的就是槭叶铁线莲。2016.04.13。

行记》的书已于 2016 年年底出版，这本书的作者皆为"刘门"弟子。书的主编杨莎就是刘华杰的学生，毕业后任教于西北大学。她在序言里写道："刘老师近年来倡导博物学，自己游山玩水，观花赏草，不亦乐乎。对于所指导学生亦有如此期许，希望我们不但能"读万卷书"，也要"行万里路"，途中更要"多识于鸟兽草木之名"，博闻广识。

这样不仅仅是为了丰富生活世界；我们的专业领域是博物学史研究，没有博物学体验而从事博物学研究，多少有点纸上谈兵的味道。本文集即我们身体力行漫走博物的花絮。"

刘门弟子这些文章都是他们在大学毕业之后十余年内写的。"对于人生来说，这十年正当好年华，青涩已褪，稚气已脱，但尚称不上成熟，更未麻木于自然。"杨莎说。

刘华杰一篇一篇读过这些文字后很欣慰，学生们以个人视角书写"大地上的事"，信息量蛮大，皆真人真事，真情实感，不矫情。

中国科学院化学所原所长胡亚东先生这样评论："似有朱自清或俞平伯的影子，又有苦茶的味道。他们的文章都可用'淡'字形容。"作为高分子化学先驱科学家的胡先生是音乐迷，也很喜欢摄影和植物。

万物皆奇迹！蕾切尔·卡森说。

万物可博，博物生存！博物致知！博物自在！

刘华杰的好朋友田松认为，博物学是一门古老的学问，举凡目之所见，耳之所闻，手之所触，鼻之所嗅，都可以纳入博物学的范畴。基于对自然的最基本的认知、观察、命名、归纳，是人类与自然相处的本能方式。博物是人类了解自然，亲近自然，继而放下人类中心主义傲慢的开始。通过博物学，人类换一种视角看待自然，并逐渐能够

大苍角殿的藤上开出淡淡的小花。20世纪90年代胡亚东
先生赠送此植物给刘华杰，后来刘华杰将它繁育了十多
株分送给朋友。

体会自然，感受到作为生命的自然，继而可能会感受到人类有史以来，尤其是工业革命以来，对自然造成的巨大伤害。由此，人们也许会意识到这样一个不大容易接受的现实，那就是在自然界中，人类并非是一个有道德的物种。而意识到这一点，恰恰是人类作为一个物种的道德觉醒的开始。

整个采访过程中我都觉察到刘华杰对人类的未来有深深的忧虑。他说，人类没有未来，人类会因为自己的小聪明而自毁前程。刘华杰从三个方面来论证了他的"不乐观"：首先，随着高科技的迅猛推进和人这个物种对技术的过分依赖，整个社会的不确定性、风险程度在增加，自毁能力和机会都在增加。其次，智力竞争加剧，学制延长，人类个体用于学习的时间占整个寿命的比例必然增加，本来用于户外玩耍的时间都用在了算计、博弈上。再次，人们习惯了生活在水泥环境的城市、虚拟世界中，人与自然疏离，其后果必然是人越来越忙，精神越来越紧张。

　　刘华杰一再呼吁，我们要反省科学主义、现代性，要反对科学主义缺省配置下的"现代性"发展思路，与此同时要恢复古老的博物学传统，因为它是可持续的，不过分竞争的、让人得以休闲并与自然和谐相处的。博物学、博物生存理念，最终要扩充为人类的世界观、价值观和方法论。倘若这样的话，刘华杰说，那他对未来就并非彻底失望。

　　而谈到人的精神放松和休闲，很多现代人自以为是，公家给的节假日是越来越多了，代步的汽车一般家庭也都买得起了，难道我们还不会玩玩闲闲？也许吧，刘华杰提出从哲学层面讨论、倡导的休闲是希望整个社会全方位减速，是希望跳出某种单一化、体制化的东西，是希望"机器"在改善人们生活的同时减少对大自然、对人类肉体和人类灵魂的戕害。

在刘华杰眼里，真正的休闲现在只能是一种诉求，一种努力的方向，已经是完全不可能达到的目标，在他看来人只有身心回到大自然的怀抱，与荒野合为一体，才能精神放松，长远看，休闲教育要做三方面的准备和培训，博物学、自然美学和环境伦理学。

一言蔽之，唯有博物，让我们在自然的诗意中遇见平静和美好，从而拯救我们这些所谓现代人的身心和灵魂。

桫椤科大羽桫椤（*Cyathea contaminans*）。
巴厘岛植物园，2017.01.24。

不必追逐
现代性的时尚

2016 年 8 月中旬，刘华杰教授的一本新书《崇礼野花》出版发行，而春天我决定采访刘华杰教授时，清明小假期在他的自媒体上见证他找到美丽的刚刚冒出冻土层的侧金盏花，接下来，看见的是刘老师只要一有节假日便不断往河北的崇礼跑。从春天到夏天，他没完没了地在崇礼追逐野花，拍野花，他如愿以偿地拍到了神秘的蓝色野生长瓣铁线莲，拍到了红艳艳的胭脂花，这些惊艳的野花被手绘高手嫁接在一起画成《崇礼野花》打眼的封面。

刘华杰为何忽然聚焦河北崇礼？一位地质系的老校友听说搞哲学的刘华杰还关注 2022 年冬季奥运这样的话题，就十分坦率地当面批评："你还不够超越！不要忘记那地方过去发生了什么！"当得知此书的真正用意后，校友才点了点头。

崇礼2022年将办冬奥会，刘华杰忧虑啊，冬奥会后还能见到这些美丽的野花么？他要追拍，他要记录，他只想着：快点再快点，我要把崇礼的野花都拍摄存档！

他的急迫感，让我想到，真正有博物情怀的人恐怕都患着一种生态危机焦虑症吧？生怕现代化的进程把野地一再吞噬，自然生态被外来的物事侵扰后永久消失。我这个业余博物生存者有此症，刘华杰教授的"症状"一定更严重。

开车从北京到河北崇礼，单程三小时，有一次他的红色越野车被糟糕的路况拖坏了油底壳，一路漏滴着机油奔回北京，送进修车铺大修。这些路途上的艰辛刘华杰不大在乎，他的想法只有一个，就是为崇礼、为河北、为中国版图上那小旮旯、小地盘上的土著野生花卉留下活生生的档案！这样一本书将在未来的日子明示后人，这里曾经山花烂漫。

在新书《崇礼野花》的发布会上，刘华杰接受媒体采访时，有一段关于奥林匹克运动会的精彩演讲：

"什么是Olympic Games？这是一种披着现代性外衣的原始游戏。是建立在自由人个体参与基础的服从规则的比赛。它本质上仍然是自然人的自然展示，或者说它依然坚持这样做。我原来对奥运是部分抵触的，但后来我的观念变了。我思考过Olympic Games与博物学的相似之处。考虑到现代人如此喜爱 Olympic Games，不如以一己之力积极参与 Olympic Games，实际影响它进而影响我们周围的世界。"

"Olympic Games 的确在某些方面强调绿色、人文，也间接地鼓励人类不同族群之间接触、对话。2022 年中国将举办冬季奥运会，如果我们希望中国多一些绿色，国家能够更开放，中国人民与世界人民能够增进彼此理解，那么就没有理由不积极介入。绿色奥运部分，是相对简单、明确的，只要我们介入，情况就有可能不同。"

"崇礼地处塞北，其生态环境要比长城以南的地区脆弱，崇礼的道路系统非常发达，马路边就很容易看见胭脂花、箭报春、囊花鸢尾、洼瓣花、长毛银莲花、花葱、高山紫菀、蒙古黄耆、蓝花棘豆、唐松草、麻花头、香花芥、草本威灵仙等……"

刘华杰只想让人们看见崇礼山坡上美丽的野花，提醒有关部门慎重开发，让那里的冬奥会更绿色一点。

2008 年夏季奥运会在北京举行，那年刘华杰特意"避运"于云南丽江。但后来他的想法变了，奥运是无法回避的，既然有那么多人喜欢奥运这种游戏（game），他也应当更积极地面对这样的世界性游戏。刘华杰想通过个人的一点努力，而使崇礼的冬奥会有所不同。听起来好像吹大牛，一个小人物能影响奥运？不过，刘华杰是认真的。

《崇礼野花》所录野花一百多种，每图皆大幅入册，是本简明的植物图册。刘华杰说现在不介入，到2022年就晚了。"绿色奥运"是官方认可的提法，实现程度与提前介入程度有关。办法有许多，博物之路只是其中之一。如果奥运给你的是一场狂欢，那么这本书会启发你回归博物并思考狂欢！《崇礼野花》没有说教味，它纯粹地以每页的野花之美摇曳在人们的眼前。刘华杰想告诉世人，崇礼除了雪花，还有野花，除了滑雪，还能观花。到崇礼，冬季滑雪，春、夏、秋季观花。

有媒体记者质疑刘华杰，直问，观花能促进旅游？

刘华杰坦然回应：习总书记说，绿水青山就是金山银山，搞发展不能只顾当前利益。旅游开发有许多模式，我希望推动一种可持续的、符合生态原则的模式。当冬奥会举办权于2015年8月获取后，崇礼的基础设施建设，特别是房地产开发进入了快车道，一些人去屋空的小村庄也缓过神儿来，有的甚至活跃起来。我首先是想让崇礼本地人进一步发现家乡的美丽，从而更加热爱自己的家乡，保护好自己的家乡。其次，是想提高游客的环保素质，希望人们能够明白，只有尊重当地习俗，不破坏当地自然资源，才能长久地，甚至永远地欣赏崇礼的美丽的大自然。第三是提醒有关部门，慎重开发，为了长远利益，不能太短视，要合法地、合乎自然生态伦理地开发。

破坏生态环境的建设与开发在中国大地上比比皆是，推土机这个钢铁怪兽正举着铲臂吼叫着，快速高效地拓荒！塔吊自平地升起，越升越高，直窜云霄，邈视大地上原初的一切。

刘华杰相信物极必反，现在也许还折腾得不够，到了一定程度，就会转向。他和同行们认为，现代性的时尚，会有过时的那一天。

✏️ 采访者手记

《诗经·小雅》里有句"唯桑与梓，必恭敬止"，说一个人少小离家，到外打天下，待他功成名就，回到故乡，父母已去，屋前只剩下父母手植的一棵桑树一棵梓树还在。故乡便是桑梓地！

对山川对故土对草木生情是从小就需要的熏陶，博物学要让人回溯传统文化，找到自己的根和本。

中国有太多的植物学专家，他们没有记录写出《崇礼野花》这类记录原乡本土草木的书，却由一个没有学过植物学，情感上深爱植物的哲学教授去完成。刘华杰一直身体力行地引领启发他的读者们一点一点地弥补空白，这令大学本科学习植物学的我无比汗颜。

杜英科印度橄榄（*Elaeocarpus floribundus*）。巴厘岛植物园，2017.01.24。

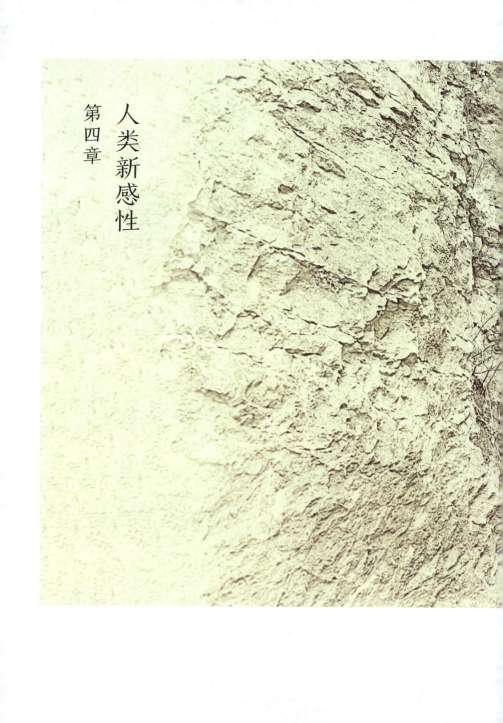

第四章

人类新感性

从一堂大课开始，进入博物生存制式

采访刘华杰半年多，我发现，他是站在青藏高原那样的高度俯瞰世间说博物，而我这个对博物学有点粗浅认识的采访者处身低海拔处，我带着对博物学的好奇之心，把刘华杰关于博物学的思想之花一朵一朵地从他的言谈文字里采摘出来，扎成缤纷花束，奉上！通过问答的方式，我们先来听一堂刘华杰教授的博物学大课！了解其博物学的理念，有点基础后，或许会受其点化，我们的生活方式或许由此改变……

Ⓠ 博物学是干什么的？

博物学不是现在才有的！它是一门有着数千年历史的古老学问，也是自然科学的四大传统之一，但这样一门学问却不见于当下教育部门的学科、课程体系。博物学在宏观层面与大自然打交道，试图了解大自然中存在的动物、植物、菌类、矿物、星星、物象等，对它们进行描述和分类，同时也关注大自然中各个部分之间、各个层面之间的关联。通俗点讲，观鸟、看花、种菜、采集标本、给自然物分类等，都算在博物的范围，博物二字在这里是个及物动词，如果做得精致些、有条理些，就接近博物学了。

ⓠ 博物学与科学有什么关联？

按生态学、博物学教授安德森（John G.T. Anderson）的说法，博物学是最古老的"科学"。科学两字是打了引号的。是不是科学，要看概念的划界。我并不认为在全称上宣布博物学是科学或者非科学有何特别的意义。现在，最好不笼统地说它是科学，原因是，一方面科学界可能不同意，觉得它不够资格，另一方面博物学家也可能不同意，比如不愿意"同乎流俗、合乎污世"。当然，在历史上和现实中，博物学与科学有相当大的交集，有些人物的身份也是重叠的。

ⓠ 与博物学关系密切，或者有一定渊源的学科有哪些？

有许多，如植物分类学、民族植物学、动物行为学、地质学、地理学、生态学、保护生物学、人类学、环境伦理学、自然哲学、环境美学等。

Q 英文博物学一词 natural history 为何不能直接翻译为"自然史"？

因为 natural history 来自拉丁词组 historia naturalis，产生较早，当初词组中的 history 并无"历史"的意思，而是描述、探究之义。现在，natural history 作为一门学科或者学术领域，最好译作博物学。这也是约定俗成，很久以前许多学者已经这样翻译了，但也并非见到这个词组就只能这样死译，当它作为一种探究方式时，译成"博物志"也是可以的。如味觉博物志、灰雁博物志、独角兽博物志、经济学博物志等。也有许多人自信地非要译成"自然史"，那也没办法，就当是个代号吧。

Q 博物学在认知上有何特点？

强调宏观描述、分类及系统关联。与还原论、数理科学形成鲜明对照，但并不是完全对立，博物学照样可以使用还原论、数理科学的成果。在一般性描述中强调博物学的特色，是想区别于其他学问、探索方式。

Q 博物学是否意味着不专业、业余，门槛很低？

经常有人这样以为。与其他领域一样，从业者都有专业与业余之分，也许在博物学领域后者多一些。博物学并不一定意味着、蕴涵着不专业或者不深刻，回顾一下科学史，这一点是非常清楚的，比如林奈、达尔文、华莱士、迈尔、威尔逊。许多博物学家对大自然有精细的、深刻的了解。不过，也必须承认，博物学的门槛很低，几乎人人可以尝试，而对于其他学问，恐怕就不行。

Ⓠ 博物学教育与自然教育有何不同？

都涉及人类个体或群体与大自然如何打交道的方面，在当下都强调尊重大自然、保护大自然。不同之处可能在于博物学教育是间接做此事，而自然教育直接做此事。在日本，自然教育发展迅速，据说有3900多所自然学校，它们是正规教育体系之外的学校。从事自然教育的很多人本身就是博物学家。

Ⓠ 博物学与科普是什么关系？ 传播博物学是否就是传播科学？

坦率地说没有直接关系，两者旨趣、性质不同。不过，现实中确实有一定关系，有些人习惯性地把一些博物学活动与科普联系起来。那样做有一定好处，能够部分借到科普的光，但也是有代价的。传播博物学是一种文化传播工作，美国国家地理及其电视频道、BBC的博物部做的许多事情属于博物学文化传播，很少提科普，只是国内有人愿意从科普的角度去理解。公众尝试博物学可能想获得某种体验，科技知识的获取可能不是关注的最核心内容。《禅定荒野》（The Practice of the Wild）中有一句话："我们正凭借古老的知识向上爬，很快我们就会碰到正在走下坡路的科学了。"如果连续性存在，相遇是必然的。

Ⓠ 博物学已经死掉，为何还想恢复它？

博物学在正规教育体系中已经衰落，但并没有完全死掉。即使承认快死掉了，也有许多理由恢复它，因为当今以及未来人类社会的存续需要它。学者以及公众需要从整体上、在宏观层面持续感受、理解整个世界，对正在发生的事情和即将发生的事情、对来自科学与非科学领域的命题、理论，做出新的价值评判。

Ⓠ 有可能恢复博物学吗？

事在人为。与博物学相关的讲座总是受到欢迎，这就很说明问题。北京大学附中已经开设博物课多年，效果非常好。许多毕业的同学反映这门课收获很大，对自己产生了持续影响。我本人在北京大学面向本科生也开设"博物学导论"课程，是北大学生的通识课。面向我的研究生开设了"博物学文化"和"博物学编史理论与方法"课程。在正规教育中恢复博物学只是一个方面，当前更主要的是在课外自学中面向所有人推广博物学理念，倡导博物学生存。最近几年，经常有人请我讲博物学，比如国家图书馆就请我讲了多次。大家应该看见了，出版界开始关注博物学题材。十年前我就预言过，中国出版界会越来越喜欢博物学题材。

Ⓠ 博物学的衰落只是中国的事情？

不对。博物学的式微是由现代性决定的，中国只是现代性大潮中的一分子。进入 20 世纪，一直到现在，博物学整体上都在衰落。这与现代性对力量、生产力、竞争力的过分强调有关。不过，西方发达国家在国内维持了某种多样性，博物学作为文化多样性的一部分而得以保持和一定的恢复。中国处于现代化的"下游"，主旋律是求力而不求多样性，因而博物学的地位更悲惨一些。我相信这是暂时现象，等中国真正发达了、自信了，博物学一定会适当恢复。不过，即使恢复，也不可能成为主流，除非现代性的逻辑变得不起作用！

Ⓠ 你最喜欢的博物学家、哲学家是谁？

安德森曾说："我们人人生而为博物学家（We are all born natural historians）。"普通人与博物学大师之间的鸿沟相对而言要小于数理科学界的情况。很难说最喜欢谁，我从不同的博物学家那里都能学到东西。如果一定要列出来的话，我比较喜欢徐霞客、G.怀特、梭罗、缪尔、利奥波德、迈尔、卡森、劳伦兹、E.O.威尔逊。

我喜欢的哲学家有老子、庄子、亚里士多德、休谟、达尔文、罗素、怀特海、迪昂、胡塞尔、波兰尼。学院派通常不提达尔文，而我认为不提他，社会科学的哲学、认知科学、心灵哲学根本没法讲。

Ｑ　就西方而论，谁对博物学的贡献最大？

为了完整起见，必须同时提及有内在张力的两位大师：林奈和布丰。他们同一年出生，学术风格非常不同，但贡献均是一流的。他们两位的工作实际上是互补的。遗憾的是，历史上分属两支队伍的人马经常互相攻击。除了上述两位，后来贡献较大的是达尔文和E.O.威尔逊。

Ｑ　中国的博物学好还是西方的博物学好？

没法比。相对于各自的生活方式，都是匹配的，或者说都是好的。我作为中国人，的确感觉中国的更好。不过，当世界一体化后，中西博物学不可能独立发展了，相互借鉴是必要的。

Q 既然你感觉中国的更好，为何你和你的学生并不研究中国古代的博物学？

也不能说一点没有关注中国的博物学，比如我曾讨论过《诗经》中"赋比兴"的认知含义，还算有点新意。不过，总体上看我们的确不敢在一开始就碰中国古代的博物学。原因呢？准备得还不够，缺少足够的"框架"。先研究"比较简单"的西方博物学，积累一些经验、获得一定感受后，再来研究中国的可能比较合适。实际上已经在做计划，我招学生时已有所行动。研究中国古代的博物学，需要做艰苦的积累，不能太急，欲速不达。

Q 重建博物学与文明批判有关吗？

有关。目前的文明有许多问题，有些人已经感受到了，更多的还未被普遍意识到。我愿意引用博物学家华莱士的一段话："我们首先应该深刻意识到我们的文明所遭受的失败，这是因为我们忽略了我们的天性，抛弃了天生的道德观念和情感取向，而是更多地受着我们的法律、经济以及整个社会的影响。"华莱士批评的首先是大英帝国的文明，也适用于对西方文明、整个当代文明的批判。

裸子植物麻黄科中麻黄。河北张家口康保，2015.08.10。

反思现代性对我们的挟持和压迫

那篇刊发在《十月》杂志 2016 年第 5 期上采访刘华杰的报告文学不到 3 万字，若要脱胎衍生出一部单行本来，显然还是薄了。作为一个采访者，我认为中国博物学的现状脉络、发展沿革，可以从刘华杰老师这 20 年来的博物生存经历及他的研究、探索实践、思想理念里找到，仿佛用一根医疗探针，扒开表皮，看见血肉骨骼的肌理。但是当所有的采访写作接近完成时，我还想再无所顾忌地与刘老师谈深一点，谈尖锐一点，让那根已扒开血肉的探针直指痛点。事实上刘老师希望我能提出更尖锐的问题来，甚至鼓励我站在与他对立的一面发问。

以下是我与他之间的 QA：

半夏：从您 1994 年到北大哲学系工作，对自然的感情被初步唤

醒到现在约 20 年了，您最难的时候是什么时候，您遇到什么阻碍和反对？我个人认为普通读者不会反对您，只有较专业的读者才会反对质疑您，《十月》2016 年第 5 期上刊发的稿子里，我没涉及您与 F 先生的论争是觉得此争议人士可能会带来麻烦，但要出单行本，就想让您谈下你们的分歧源起，当然您有权不谈或认为书稿里不牵涉此事都是您的选择。谢谢！

刘：总体上看，在北京大学教书是非常愉快的，校方从未干涉教学自由。我们报什么课，学校都批准，如何上课也没有人管。在目前的中国这样的学校极少见了。反过来，北京大学对教师如此信任，我们也要担负起责任，对得起纳税人。哲学家不能仅是帮闲，不能只是主流话语的解释者，而要博物洽闻、审时忖世，习惯从大尺度上看问题、看天人系统的演化，学习张载"为万世开太平"。我是 1994 年博士毕业后到北京大学工作的，1996 年提职为副教授，但直到 2006 年才当上正教授。按成果和资历我或许应当更早一些成为正教授。但我真的不 care（在乎）这件事。从 2003 年开始就有谣传我要调走，理由是没有当上正教授！这事没法解释，越解释越像真的。我只对特别熟悉的朋友解释，在北大当副教授不是也很好吗，有吃有穿有自由，即使一辈子不提也没关系，因此我不会主动走的，除非北大开除我。上海交大江晓原老师也真心要我过去，为此我们甚至在某旅馆睡过一张大床（江老师学问人品俱佳，非常爱才）！据传，我是唯一没有给任何评委打过电话，更不用说登门拜访各个评委的正教授申请人。这可以从反面证明，我的确不在乎，报不报是我的事，评不评是你们的事。后来评上了，我当然感谢评委，但哪些评委投了赞成票我到现在也不知道，就像我拿到了重大项目但至今完全不知道评委有谁一样。有同事甚至某机构建议我在重大课题开题时请相关评委到场并借此感谢，说真的我不知道谁是评委，没法直接感谢。但内心里当然要深深地感谢。

其实在北大，按当时的制度（现在变了），有了副教授职称，可以衣食无忧了，我们家对生活的要求从来不高。不过，不要指望过富人的生活。大约从1999年起，我就在琢磨如何突破自己的认知局限。其间也考虑过博物学，特别是从同行吴国盛老师那里听到自然科学的两大传统一说。这个对我启发较大。但当时只局限在考虑科学的过去，未能意识在科学史之外，博物在当今社会的意义，那是后来的事了。大约到了2006年，似乎有了一点突破。回头想来，主要障碍是唯科学主义（scientism）依然长期束缚自己的头脑。突破唯科学主义，绝对不是一件简单的事情，因为整个现代性逻辑是与唯科学主义一致的，要全面反思、反省科学，那是相当难的。采取二元论或者辩证法的"变戏法"，搞既要这个又要那个，那是容易的，但那是耍赖，我不能满足于那样的学问，我得首先说服自己。按理说，反对唯科学主义，在我们学科的小圈子中大家已经进行了多年，但做到前后一致，不搞"变戏法"，是极少的。我的学术界朋友田松、刘兵、吴国盛、江晓原、蒋劲松、苏贤贵、吴彤、刘晓力、刘孝廷、李侠等，都不时地帮助过我，我能坚持思考博物学问题，与诸位老师的鼓励、帮助、启发有重要关系。他们都在反省现代性、反思科学，每人都走出了自己的独特道路。没有一定的朋友圈和小环境，一个人的思考是走不远的，感谢我的同行。

插一句，如果我与F先生有什么学术上的争论的话，主要在于科学观上的不同。科学观不同不一定意味着在其他方面合不来，这还涉及做人的事情。我懒得回忆那些旧事。就学术层面讲，F先生的科学传播层次比较低，满足不了这个时代的一般性要求。实际上，公众了解科学，不一定要支持科学；公众可以支持一部分科学而反对另一部分科学。特别是，公众有权表达自己的态度。

半夏：这是我预设的一个问题，北大生物系有植物学专家，您是哲学系教授，您搞《燕园草木补》，您这样做，那些多只沉湎于书斋和实验室的学者对您有过异议么？现在的情况是民间普通人对博物学

人类新感性

相当有兴趣，而一些专家（您同行、学生除外）们仍高高在上，我觉得这也是一场革命，革命的最终胜利者总是很好地获得了普罗大众的支持，采访您的编外学生张冀峰时他谈到过这是一次解放运动，您怎么看？

刘：很好的问题！实际情况是，现在几乎没有几个人在搞分类！现在的生物系几乎不关心宏观的生命，大部分人在做分子层面的工作。我认识的几位搞分类的老师都非常友好，特别是汪劲武老先生对我非常支持。我也经常请教他老人家。汪老师等传统生物学家，也抱怨博物层面的分类学、动物行为学不受重视。有人调侃：生科院的学生对动植物的兴趣还不如其他系的学生。实际情况当然还是人家生科院的学生了解得更多，只是人们对现状不满。我的确自不量力写了一些涉及植物的一阶的东西，包括编写《燕园草木补》，这本来是专家的分内工作。但他们没做，我们等了许久他们也没做，再等若干年也未必有人愿意做。这就是现状，科学家对普通百姓、学生的需求，根本不在乎。他们认为编植物志、植物手册费时费力，还不讨好，根本不算严肃的工作。与其如此，还不如做实验室工作、多发几篇 SCI 论文，那才是真家伙（对于申请项目和评职称都管用）。他们不做或不愿意做，就怨不了别人了。总体上看，科学界的反馈还是正面的，也许有骂我的，但至少没公开骂。即使公开反对，我也不在乎。知识层面有错，咱可以改，观念上谁对谁错那不好说。

另外，外行做相应的工作，也要达到一定的水平，不能胡来。我写的东西质量还过得去，其中也有小错误，我发现后立即更正。比如《燕园草木补》中把一种植物"长春花"的科名写错了（中国科学技术出版社，2015年，第53页），这种植物极普通，我也是了解的，但写的时候笔误，编辑、校对时也未发现。书出来后，我的学生王钊提醒我错了。我一瞧果然错了，骂自己不认真，立即上网更正，希望再版时改过来。应当尽可能避免错误，但完全避免不现实，即使专家编的植物手册也一样有错误，甚至有严重错误，比如《水木湛清华》中把木防己错误地鉴定成了"洋常春藤"（北京大学出版社，2014年，第238页），而且错得离谱。即使这样，也不是什么了不得的事，下一版改正过来就行了。我写的关于植物一阶的东西，之所以受到读者的欢迎，主要原因在于它们建立于作者细致、长期观察的基础之上，不是转来转去、抄来抄去。另外，全是用第一人称写的，写自己与植物相遇的故事。我想强调，这是受了《中国国家地理》杂志单之蔷主编的启发！按形式讲，单先生曾在北大哲学系读过科学传播硕士，理论上是我们的学生，但是我们是彼此学习。他学到了建构论，我则学了第一人称写作，我们是好朋友，彼此鼓励、欣赏。

第一人称写作有多重要？非常重要，这一点如何强调都不过分，因此要特别地感谢单先生。第三人称或者不清楚什么人称的关于植物知识，已经相当多了，《中国植物志》就有80卷，但是普通百姓阅读它们有困难或者根本不想读。

这还只是一个方面，沿此深入思考，就会触及主流科技扮演的角色的问题。这涉及现代性的根本性问题：现代科技对百姓了解大自然究竟扮演了什么角色？想当然的回答当然是正面的，我也不完全否定。但是，我看到了另一个维度：现代科技同时也妨碍了人们接触、体验、了解大自然！这怎么可能？我的回答是，的确妨碍了！在现代社会中，人们过分相信科技和科技工作者的言说、话语。一切涉及大自然的事情，人们首先想到的是，去问科学家，看看科学工作者如何说。这就有严重问题，许多问题是未经科技调查的，即使科学家了解也不能代替提问者自己感受的事情。因此，只靠科学家是不对的，有些事情依然要靠近百姓自己。那么，在现代高科技社会，百姓哪有底气讲靠自己？这就将地方性知识、博物致知提到了台面上，我们那个有着悠久历史的博物学，恰好是可以依赖的、可以修炼的。在教育界，博物致知，依然值得强调。

伴随这样的思考，我的科学观、知识观发生了巨大的变化，可以说是倒转！连我自己都不敢相信。

博物学是什么？它跟科学是什么关系？关于这个我已谈得很多，但我不厌其烦地谈。这是最核心的一个问题。这个问题解决了，其他问题也就容易阐明。我现在的看法是：博物学是与自然科学平行的一种东西，两者有一定的交叉但都不是对方的真子集，过去、现在和将来，两者可以平行推进。回头看科技史，好像博物学只是为近现代科学的出现、大发展做准备工作，一旦后者出来了，前者的任务也就完成了。那只是一种科学编史方案，体现了老旧的科学观、文明观、文化观。我现在不那样看问题了，我将对那些材料做出不同于现在史学的解释。在我的方案中，博物学从来没有完全成为科学！早期，博物学就很多，而那时没有科学，后来科学有了，博物学也很发达，但两者并不是一回事，只有部分交叉。当科学做大时，博物衰落了，这是事实，但博物学并没有消失，现在它在全球都有复兴的迹象。当然，现在说博物学是科学的人已经少了。把过去的博物学说成科学，是对科学的赞扬，而把现在的博物学说成是科学，相当于对科学的羞辱。科学做大变牛了，不稀罕与当年的同伴为伍了。事情是相互的，反过来，博物学也不必太高看科学！科学上的具体进展博物学家可以吸收借鉴，但是科学界的根本观念、动机、目的，却未必要全盘接受。如今，科学过分被资本、权力牵引，已经高度异化。

有了上述认识，我们再谈复兴博物学，境界就不一样了。

半夏：在您的微信上，张冀峰博士跟您有如下对话——刘：当下哲学的危机：1. 冒充科学，不断专业化。2. 丧失对公共政策的话语资质。3. 脱离生活世界。4. 过分的人类中心的理性算计（实则理性不足、视野狭隘）。张：博物学哲学是条出路！刘老师开创了一种新的哲学！我个人认为张冀峰是很有思想高度和深度的一个人，他提出"博物学哲学"这样一个概念，我认为他非抬举您，而是他由然地一个判断，可您马上谦虚地回复他"仅为一个视角，谈不上博物学哲学。这个视角在亚里士多德、老子、庄子那里就有的，我们不过提醒重新重视这个视角而已"，刘老师，您是在顾虑什么吗？还是觉得真只是这样？

刘：泛泛讲某某哲学也不是不可以，但就我目前的身份还是老实一点为好，不要树敌太多。理论上，哲学是讲完整体系的，我现在做不到，因而就不敢乱讲。另外，我的确认为不是我个人的完全创新，哲学工作者的一类重要做法就是从先哲那里找到线索，重新阐发它们。当我说亚里士多德、塞奥弗拉斯特、老子、庄子时，我是认真的。因为我反复读他们的著作，从中的确能找到我想要的。于是可以说，我正在做的，正是先哲们已经开辟的道路。这样讲不仅仅是策略问题。或者，这样叙述，只有找到自己思想与先哲思想的联络，才可以称自己的思想有点哲学味道，整个哲学史就是根据现实状况反复与先哲对话的产物。后来的哲学家都要从先前的哲学家那里找到源头、根据。

半夏：您个人遇到的不待见博物生存理念的观点主要有些什么呢？

刘：那太多了。毕竟博物（学）与现代性的主流话语不一致，凡是现在特流行的东西和做法，都可能与博物的理念冲突。就哲学学术领域内部而论，瞧不上博物的大有人在，认同的反而是少数，对此我是十分清楚的。强调竞争、快速开发大自然和人的身体（body）及心智（mind），是主流科学和主流哲学的想法、做法。这个与博物生存矛盾。

半夏：您给创刊时的《博物》杂志写前言、给多家出版社出主意、作序引进国外的博物学图书就已说明您在博物学书籍出版方面的影响力了，您如何看这事？

刘：我原来想过只在学术界内部的纯学术层面做工作，那也是本分，后来发现根本没用，我对主流学术界有些失望。哲学不能只是解释或者事后解释世界，而要提前介入世界，参与改变世界。这也是马克思实践哲学的态度。如何介入？全方位推进博物，从一阶活动到博物图书出版都要介入。我也懂一点"科学"传播，做这些不算完全外行。而当我实际做了一点时，发现社会的需求非常强烈，以至于我都不敢介入太多，经常是主动谢绝一些邀请。我不能掺和太多，那样会影响我独立思考。非常好的一点是，我可以带研究生做相关的博物学研究，这样我的影响就可以放大。林奈的博物学能够放大，他的学生立了大功。

博物学养，人类的新感性。

在知识论、认识论或者哲学中强调理性，从来都很占理，以理性超越、驾驭感性，被视为理所当然，但博物学提醒人们要重视感性，通常感性并不比理性差，我们要时时想着发掘新的感性。环境伦理学家、自然美学家到远方去旅行，到青藏高原去探险，相当程度上是要寻找一些独特的感受。公众对人与自然关系的理解，通常也是感性第一、理性第二。当今世界环境保护运动的兴起流行，也是首先诉诸感性的。近代博物学，恰好以一种浅显易懂的方式提供了或者说丰富了人们对世界的感知，改变了人们对待他物的一般看法。

博物学传统也需要不断反省。

我们现在提倡博物学，不能像科学主义者提倡科学那样，把博物学天然当作一个好词，不谈它的坏处、负面。不能说博物学一切都好得很，批评不得，某事物不能仅仅靠其名字而浪得虚名，哪怕它是堂堂正正的科学。当今科学的一大缺陷就在于，只允许内部有限度的批评而坚决拒绝外部批评甚至一般性评论，但愿博物学别沦落到这步田地。博物学与科学一样可能面临学者的各种批判。正如科学中有坏科学，应当批判一样，博物学中也有糟粕，也有变态发展、违背伦理的方面，如果有一天，博物学家不再反省自己的动机和行为，这门学问就病入膏肓了。笼统地说恢复自然科学的博物学传统就可以拯救胡塞尔所说的科学危机或者更广泛的文明危机。日出而作，日落而息的农耕文明，有一种与大自然节律相合的休闲周期，但工业文明否定了这一切。

北京大学校园未名湖雪景，2013.03.20。

被评说的刘华杰

囿于我的视野，刘华杰重新发现了博物学这一古老传统，又利用多种学科的前沿眼光，创新性地建构了他心目中理想的新博物学。最核心之处可能在于，他在反省现代性和现代自然科学，想在平行于科学的意义上阐释过去的博物学，勾勒现在的博物学，展望未来的博物学。从实践层面看，他除了驰骋于纯学术领域之外，也在乎引导普通公众走上博物之路，为大量一线的实践者确立博物学"职业"认同。

哲学，要照亮当前的黑暗，哪怕只是引入一缕阳光。

刘华杰老师除了是博物生存的倡导践行者，更是博物学文化的研究者，是 21 世纪初中华大地上复兴博物学的理论"旗手"、"教主"。

刘华杰将新博物定位于普通公民与环境和谐相处、求得天人系统可持续生存的知行过程，强调在平行于自然科学的意义上复兴、发展博物学。这个定位高屋建瓴，与一般学人在科学、科普的范围理解博物完全不同。2016 年，刘华杰在深圳的四场演讲中就有两场的标题是《平行于科学的博物学》，也表明他要突出这 ·"定位"。目前，能够充分理解刘教授这一思想的，仍然凤毛麟角。但他坚信，会有越来越多的人认同这一理念。

他跟同行们是什么关系？他们有个核心圈子么？他们为中国博物学的发展有些什么规划？采访顺着我的设想进入了刘华杰的圈子，同行、学生、家人全纳为采访对象。同行的首肯、认可及见证，家人的怨和最终的理解让我从多重角度，看见一个学者的各种侧面。

1. 在博物学兴旺发展中有不可替代的重要作用

刘兵，清华大学社会科学学院科学技术与社会研究所教授，博士生导师，科学史理论家，科学传播研究学者，著名科学文化人。

刘华杰在科学共同体之外，立足于对科学的社会学、历史学、哲学的思考，从自然观以及科学与公众关系等多重角度，倡导博物学，在推动中国博物学发展中他扮演了特殊角色。有理论有实践，在宣讲、写作、活动组织方面作出了各种努力。搞博物学的人不少，但他在其中的影响是特殊而巨大的。整体上说，博物学的发展有积极意义，特

人类新感性

别是吸引公众的参与。博物学的意义在于其对现有人们的思维模式、科学规范、价值取向有调整、反思和批判。但恰恰现行制度性力量强大，对博物学全面复兴，我仍持一种怀疑态度，当然有所调整有所改变总是好事。

花絮：4月25日，刘华杰老师的一条微信内容是他与刘兵教授又出新书的消息，刘兵教授持一本《回锅头尾》，刘华杰教授持一本《从博物的观点看》，他在微信里自贬：二流教授！我跟一贴：二刘教授！二牛教授！

2. 我目睹了一个新学术范式的诞生

田松，北京师范大学哲学与社会学学院教授，哲学博士，理学（科学史）博士。主要研究方向为科学哲学、科学传播、科学史、科学人类学、科学与艺术。

刘华杰教授无疑是中国新博物学的开创者、实践者。我对他有个评语：由业余而专业，变娱乐为学术。他是最早认识到博物学对于当今社会的价值和意义并在哲学高度上加以阐发的学者之一（与他同时的还有吴国盛教授，我与其他人相对较晚），而在我们之中，他是唯一一位能够以专业水平进行博物学实践的人。他的一阶博物学工作（观察植物，制作植物图谱等）要远远早于二阶工作（对博物学意义的阐发），最初这是他的一种个人爱好，个人兴趣，所以说他由业余而专业，变娱乐为学术。我曾经写过一篇文章，《原创基于自己的问题》，讨论此事的意味。

十几年前，我说过，我们能够玩到一起去，有两个关键性的原因，第一，我们有大致相同的学术理念；第二，我们都彼此真诚地欣赏对方的工作。我们这个群体中，大家各有所长。在我们中间，我与华杰的关系更为亲密，学术上的合作更多，从对方的工作中获得的启示也更多，算起来，我们之间的友谊已经有 20 年了。我认识华杰，应该是在 1996 年。我由衷地欣赏华杰的工作，也欣赏华杰的人生态度。几年前，他的博士生熊姣和徐保军答辩的时候，华杰在夏威夷，我是答辩委员会成员，我当时说：我目睹了一个新学术范式的诞生。我这个评价很高，也是我发自内心的，是中肯的，并不因为是朋友关系而虚假拔高。

花絮：跟读刘华杰的博客很多年了，田松是常出现在刘华杰话语里的一个人，我也在刘华杰于美国访学期间的一系列博客文章里，见过这个大胡子男人的尊容，田松前往檀岛与刘华杰相会，二人的野外考察照片令人向往羡慕。天地无极，大自然有尊严，博物大自在！志同道合者惺惺相惜，作为同行他们相互成全与成就！

3. 体验过博物生存的人就会终生热爱博物学

熊姣，刘华杰的学生，《看不见的森林》《植物学通信》《造物中展现的神的智慧》《自然神学十二讲》的译者。

刘华杰是我读硕士博士时的导师。在我印象中，刘老师对学生一向很温和、宽厚，有困难必定会帮助。他非常善于发现学生的优点，并加以适当的引导和鼓励，与此同时凡事并不苛求，很有名士风度。我在跟随刘老师读研究生之前，只是出于本能地喜欢花花草草，也没有想过这种喜好与人生态度有什么关系。考研之前接触到刘老师的博物学理念，觉得耳目一新，经过几年的学习，慢慢也有了一些自己的思考。刘老师喜欢践行他的博物学理念，也有热情去推行这种有益的生活方式。作为他的学生，总是有幸跟随他到野外去认花识草，享受亲近自然的乐趣。相信任何人只要体验过这样一种"博物生存"，就会终生热爱博物学，而且乐在其中。我做的一些翻译工作，也是在他的指导和帮助下完成的。这些工作本身也是博物学实践的一部分，因为在阅读和译介博物学著作时，同样能感受到那种纯粹的快乐。这对我来说是最大的好处。我会一直做译介博物学经典的工作，读者认可的话，我当然还会继续做下去。

花絮：4 月 25 日晚，在采访熊姣博士当天，我在央视科教频道李潘主持的《读书》时间见到了熊姣博士，她那天受李潘邀请推荐了一本书《杂草的故事》，这也是我读过的一本很好的博物学经典。孩子还小的熊姣博士现在商务印书馆工作，她 2011 年便翻译了著名的启蒙思想家卢梭的《植物学通信》，这本书的书名有点小众，没让她火，但到了 2014 年她翻译了现代生态学家哈斯凯尔的《看不见的森林》后，这书成为当年各种年终榜单里被热荐的好书，译者熊姣渐为人知。鲁迅文学奖获得者，著名作家周晓枫说，她太喜欢这本书了，向很多朋友推荐过这本书，她认为这书用词精准文笔很好。我猜这种阅读体验直接来自作者哈斯凯尔与自然的深厚情感，他对一草一木都倾注了最细节的观察。熊姣跟着导师刘华杰有那么多年的博物学素养训练，她每翻译一本书，导师刘华杰都为她热烈鼓掌。电视上见到的熊姣博士漂亮、知性。后来得知那一期央视的读书节目收视率创了新高，那一期节目介绍的书全是自然博物类书籍。

4. 对燕园对北京及周边的草木如数家珍

王钊，刘华杰的在读博士生，也是他第一个研究中国博物史的学生。

春天，处处有新鲜事，北大校园每有新的绿色萌发物钻出地面，刘华杰都如见新生儿一般的高兴。前几天他微信上连发了两条学生王钊博士在燕园又发现了新的外来植物的图片。

刘华杰——记之：王钊说在某地发现了一种新入园的植物，去看了，确实是新的。

我不禁想，这个学生王钊要做《燕园草木再补》么？

王钊告诉我，他的导师是一个很随性的人，为追寻野生植物，可以驱车几百公里专门去寻找，前不久他就驱车赶往河北与河南交界的太行山地区，专程去看缘毛太行花，这是一种分布地很狭小的中国特有植物。他善于发现生活中的小细节，对北大一草一木如数家珍，哪里又长了一种新植物，哪里的北京本土种植物在学校扎下根来，在校园里有没有灭绝危险，他都说得头头是道。

王钊的研究方向是中国古代绘画中的博物学，这是一个交叉而崭新的研究领域，国内外极少有人涉猎。刘华杰对他很信任，鼓励他研究，王钊也很感兴趣。

北大燕园的植物就像他的学生，进进出出，永远也不会记录完全，也永远统计不准确。刘华杰的目标是尽可能多纪录，越完备对同学们学习植物越好。

花絮：当初刘华杰在中科院的一场讲座深深吸引了王钊，使学园艺背景的他最终成为刘老师的学生。王钊四月中旬的两条微信记录了他参观故宫牡丹题材文物展的心得。博物致知，博物完全可以从很小的一个口切入，然后打开一大扇看世界的窗，博物可以跟自然关联，博物也可跟艺术纠缠。博物处处可为！

5. 博物生存可看作一场解放运动

张冀峰，山西大学科学技术哲学研究中心在读博士。

我本科在河北大学读心理学，当时看"火蝴蝶"丛书，就关注上刘华杰老师了，然后去国家图书馆听他的讲座，有时刘老师来河北大学我也去听课。刘老师首倡博物生存，我觉得这切中了每个当代人都无法回避的问题。未经审视的人生没有价值，我们不仅活着，而且要思考如何活着，进而要根据这种思考做出选择。博物生存就是对我们生存的一种反思和选择，"非博难成厚，无物不知人"，博物生存以其学识之博大提升人的思想格局，以其对物之关怀拓展人的生命厚度。博物生存让生存不再单调，乏味，恢复了人与天地万物的联系，让人不再是极其封闭局限的个体。

尤其值得强调的是博物生存具有解放意义！首先把人从工业文明的奴役中解放出来！其次把人从科学主义的奴役中解放出来！最终把自然从人的奴役中解放出来！刘老师倡导的博物生存可看作一场解放运动，其意义可能远远超出我们的预料！

刘老师对我影响很大，一方面是如何生存，一方面是如何学习。大学时代就有幸得到刘老师点拨而进入了科学哲学，我从他那里学到了：真诚、睿智和博爱。做人做事做学问要真诚，思考问题要有大尺度，这样才有远见，对世间万物要充满好奇和关爱。真诚睿智和博爱也是刘老师留给我最深刻的印象。如果没有和刘老师的接触，我认为自己是理解不了他的——看懂刘老师的作品不难，难在领略刘老师的情怀！我们交流最多的是科学哲学，具体说是二阶博物学的问题，因为这是我们共同的专业，刘老师这些年复兴博物学，好多朋友可能因其博物学的名气忽视了其哲学，因此我建议"博友"在一阶博物背后跟着刘老师去思索一些哲学问题，那样才能更深刻理解他所倡导的博物学。正是从二阶博物学出发思考这些问题，我才发现"博物学不是闹着玩的"。

花絮：张冀峰是刘华杰的一个"编外"学生，刘华杰给我说，这孩子悟性高，极少有人领会了博物背后的哲学用意，而他明白这一点，他没成为我的名下学生有些遗憾。不过，是谁的学生不重要。我对刘华杰说，的确不重要，你们在思想上已高处相逢。这位国学功底深厚的编外学生写过一首律诗《北大刘公赞》："东北从来义士行，白山黑水壮豪情。曾教总理更文字，又为芳华正姓名。力挽科学独作害，复兴博物两安宁。宽猛相和刚柔济，格致修齐天下平。"

采访完刘华杰的同行和学生，我盯上了他的家人。画家们要把一个物体在平面的纸张或画布呈现出立体的效果来，是要给这个物体画上阴影面的，否则无法立体。家人眼里的刘华杰什么样？

刘华杰的爱人，一位牙科医生，她这样跟我讲她先生："由于各种动植物生长环境和生长周期的不同，需要随时观察，他为了他的博物，总是说走就走，相当任性。他很少考虑家里的状况是否适合离开，无论是老人、孩子还是经济状况。家中的大小事情他几乎不管。柴米油盐要买，水电煤气费要缴，家人生病住院要人陪伴照顾，房屋的维护、修缮得人张罗……家里的所有事情都无条件为他的博物让路。我女儿这些年成长的关键时期他几乎都不在身边，甚至中考、高考的日子里他还在山上看花观鸟。印象里他只参加过一次孩子的家长会，以至于女儿说，我们老师和同学都以为咱们家只有我和我妈俩人呢。他的工作场所除了学校就是荒郊野外，一投入工作便天下事不闻不问，进入痴迷状态。除了看书，他太贪玩！我料理完家里的事，还得分心牵挂独自在荒野里的他的安全。孩子上大学后，在尽可能的情况下我都会陪他一起去博物，这些年我们家用于他博物的花销不计其数。不过，总体上说来，我赞同他提出的博物生存理念。"

刘太太话语里有一丝丝抱怨，但更有对丈夫的理解和爱。

刘华杰的女儿晓晨，今年夏天毕业于中国人民大学，不久前往日本读研。问她父亲的博物生存理念是否影响到她的人生喜好，她用90后孩子的典型口吻对我说："博物学是啥我不知道，但是有个搞博物学的爹的好处是，每次跟人说起来我爹是个搞博物学的，大家都异口同声地惊叹：那你爹肯定很博学！然而事实是：我爹跟我玩猜词游戏时都是这样描述的：①它是百合科的！就是那个长条的！——好吧，我就想问，一般人猜得到他说的那是葱嘛？哈哈！②就是那个解决了爱尔兰粮食问题的植物！——喂喂，对于土豆，你不能直接说薯片薯条的原料吗？这样玩，我心好累！能不能愉快地玩耍了？"

晓晨是1994年生人，她的说话方式自然噎得60后老爸，研究哲学、博物学的老爸无言以对。

谈到孩子的教育，刘华杰一吐心声："我女儿这一代人相对自由，她自己闯吧，我们家长只能提供经济支持，她闯的过程遇到困难可退回家，其他的随便。如今确实还有揠苗助长的家长，刻意把孩子塑造成某种形象。不仁道啊！女儿不大把我的想法当回事，只是偶尔听听我的！"

作为一家之男主人，刘华杰自言他太喜欢山野里去玩，愈老似乎外出玩的欲望愈强，但现实是不允许总玩。家人算是非常支持他了，或者说包容他的贪玩。女儿小的时候，一家三口经常出野外，也时常到远方旅行。但后来女儿读书了，长大了，她更愿意自己行动。不过，回忆起来，女儿小时候跟着外出还是学到许多东西，见多识广，写作文至少素材多，她蛮会讲故事，喜辩论。不过，女儿并不是很看重老爸所做的工作，至少她从来没有当面表扬过老爸，反而开玩笑讽刺他。偶尔承认老爸比她厉害一点！同学问到一些植物，她会转而问老爸。

刘华杰说："女儿自学能力超我这一代，她许多方面比我强。"舐犊之情溢于言表。

据说，20世纪初，刘华杰便很有远见地在北京郊区买了地，自己在上面盖房子，自己种树种花，假日里远离钢筋水泥的冷硬，过着与自然与草木接驳亲近的惬意日子，这能算刘华杰给太太、女儿的回报了吧？

对刘华杰的采写持续了半年多，他太丰富太多样，要写他，可切入的角度太多。这时我想起胡适对地质学家丁文江的一句评价：丁文江是文人里的科学家，科学家里的文人。

允许我套用一下：

刘华杰是哲学家里的博物学家，博物学家里的哲学家！

刘华杰，中国当下把赏花观鸟当做世界观、人生观、价值观的著名博物生存者，一些人，一个小众群体，正亦步亦趋地尾随着他，走进荒野亲近自然，从而得到自然的馈赠。

刘华杰，他朝向旷野探访花草的姿态，他受邀去各地做各种讲座，他著书立说，他的身体力行是要提醒人类重新与自然同步，重新顺应自然，重新与自然相亲相爱……

"世尊在灵山会上，拈花示众，是时众皆默然，唯迦叶尊者破颜微笑。"

刘华杰在巴厘岛金巴兰海滩观察飘浮
到岸边的植物种子。2017.01.25。

柿树科某种柿子的叶子。越南大叻，2017.01.05。

后记

人对自然产生兴趣，产生审美，最后生发感情，最终对生态有所要求，对环境有自觉的保护，人类与自然的关系会更加和谐。刘华杰及其同行、学生们，从博物生存中贴近自然，体会生活的自在。

1994 年，我生完孩子，孩子满月后，端午时节来了，妈妈特地到农贸市场去，买回一大捆药草，现在想想就是菖蒲、艾蒿、接骨草什么的。她用一大铝锅在厨房里煮药草，关严门窗，然后把热气腾腾的那盆水抬进狭窄的卫生间，让刚洗完澡的我受那热气熏蒸。蒸罢出来，我感觉全身舒坦，骨头缝里都是草木的芬芳。这是中国式最古老的桑拿了吧？我妈说这是我外婆给她示范过的，她忽然想起来得对我也做一做。我妈知道些草药，我嗓子疼，她外出找来臭灵丹煮水让我喝，没有臭灵丹时，菜市去买鱼腥草来当菜吃。小时候传染了腮腺炎，我妈提把小镢头出门挖狗屎花（紫草科倒提壶）的根春烂，包敷在我的腮帮子上。我外婆比我妈懂得多，我妈比我懂得多——这就是古老的民间博物生存了吧？现在的我们，孩子一病，诊所挂针去。随随便便地我们就丢弃了古已有之的博物学传统。

现代化进程的狂飙让这个世界有一点变态，人与自然、人与人、人甚至与自己的关系都拧巴起来，我们需要自我拯救，我们有必要重新审视生命最初的源流，我们走近自然，自然就会给我们喻示。道法自然比人脑想出的大道理生动深刻得多。地球上最强大的物种——人类，恰恰最应该担起保护其他物种的责任来。

歌手田震作词的歌曲《野花》是一首很好听的歌，她在歌里唱到：山上的野花为谁开又为谁败／静静地等待是否能有人采摘／我就像那花一样在等他到来／拍拍我的肩我就会听你的安排／摇摇摆摆的花呀她也需要你的抚慰／别让她在等待中老去枯萎……

这是抒情歌曲，抒发爱情，喻女人为野花，比兴手法。但《野花》歌词有人本中心主义嫌疑，自比为花的人得不到他人的欣赏便将枯萎，这幽怨有点孔雀（自作多情）！自然里的花们盛开着，静静等待着蜂蝶的造访，等待着另一朵花的青睐，自然而然地完成它一生的轮回。而一个人俯下身去，欣赏一朵花的美，或循着鸟鸣唧啾的来处抬头观树间栖鸟，观它们飞翔的姿态，这是自然馈赠我们的美好，而人为何不因此倾注给天地间的自然万物以感情呢？

采访刘华杰老师，深悟赏花观鸟是博物生存的发端，最终会冶炼成一种世界观、人生观、价值观。

人类只是圈在大自然里的一个物种，倘把大自然比拟为一个有机体的生命，那么人类可能是自然这个生命有机体的一个"器官"，也许较重要，相当于"大脑"或"心脏"，而大自然的其他器官是给"心脏"供氧的或给"大脑"供血以养思想和精神的。无此，"大脑"就脑死亡，"心脏"就罢工。

我们人有理想，但这种理想必须是与大自然的律动合拍的理想，而不是冒犯和摧毁，机械般的人本中心主义自以为是的任意拆卸、重构是荒唐的。

自然等着你去发现它、欣赏它的美，与它和谐相处，而不是人类去毁灭它后，再来重建。数理的模拟建构，永远不可取代自然的肌理和万物之灵丝丝缕缕的联系，正如一个机器人，它能取代一个真实的人活生生的体贴、温暖和情爱么？

本书即将付梓之际，我于 4 月 24 日一早，忽读到刘华杰教授最新论文《论博物学的复兴与未来生态文明》（本文系国家社科基金重大项目"西方博物学文化与公众生态意识关系研究"成果之一），他在此文章中主要论述了博物学与科学平行发展的由来已久。文章里说："博物学被遗忘得太久，现在有复兴的迹象，人们仍习惯于将其纳入科学、科普的范畴中思考它。这有一定的道理，但缺点很多。一种比较有启发性的定位是，在建设生态文明的宏大背景下，把博物学理解为平行于自然科学的一种古老文化传统。平行论更符合史料，有利于普通人也能如我们的祖先一样在自然状态下感受、欣赏、体认大自然，更容易把自己放回到大自然中来理解，保持谦虚的态度，确认自己是普通物种中的一员，确认与其他物种与大地、河流、山脉、海洋共生是唯一的选择。以博物思想武装起来的公民还可以如'朝阳区群众'一样，监察环境的变化、外来种的入侵，及时向有关部门反馈信息或直接采取保护行动。在科学时代，通常认为除了正规的科学，没有其他正道，而现在我们认为博物也是一条正道，而且历史更久，另外它危害小。"

　　读完这篇论文，我觉得此平行论非常重要。我认可博物学跟科学是平行发展的说法。我很欣赏刘老师这篇文章中那句话——哲学雕刻时代精神！比照着此言，我个人认为：科学是冰冷的，它仅仅是促进技术进步；博物是温暖的有情感的，它修正人类的生活方式甚或可救赎地球生态。刘老师的新论述并没否定科学与博物有交集，论述多角度全面，是很有说服力的，绝非是现在博物学有复兴的迹象，就要把博物的地位提升抬高起来。我的理解是博物学与科学一直在自己的方向上发展着，平行发展不是互为不屑也非背道而驰，我想它们像是两条大河，"川"字型地向前流淌着拓展着。

"不敬畏所有生命，就不是真的道德。"这是1952年获得诺贝尔和平奖的阿尔伯特·施韦泽在《文明哲学》里说的话，用作卡森《万物皆奇迹》的序言标题。

天人合一方是正主宰或欲全盘操控世界的人类突破整个社会困局的唯一出路。

书稿即将付梓，此刻我一页一页翻看着打印的书版纸样，无比欣慰，能采访中国博物学的倡行者刘华杰老师深感荣幸，而中国科学技术出版社的杨虚杰副总编把我最初发表在《十月》杂志上的人物采访文章策划成一本刘华杰老师的小传记也令我敬佩，我深知这是作为媒体人的我与积极传播博物学的中国科学技术出版社的一次默契合作。杨虚杰女士对初稿提出了有益的修订意见；本书图片由刘华杰提供。

我真要再次感谢这次采访，自感人处低处，受了自然的感召，读了刘华杰的那些书，触摸、嗅闻、欣赏了博物生存的思想之花，我有从低处向上再向上，抵达高处的欣喜。

大方无隅，大器晚成。大音希声，大象无形。道法自然，自在观，观自在。

野地里蕴涵着对这个世界的救赎——我在业余的博物生存里开始有这个小确幸！

半夏

2017 年 5 月

附录
博物者自在
——刘华杰的生命体验与学术道路

田松

【按】本文是田松教授应邀为《鄱阳湖学刊》撰写的一篇文章，感谢作者同意收录本书。删除了中英文摘要和关键词。

最近几年，刘华杰教授日程很紧，档期很满。作为正在中国兴起的新博物学运动的倡导者、实践者和理论家，春暖花开之际，刘华杰一面驾着红色越野车遍山寻花，一面出入各地校园以及图书馆、科技馆，宣讲博物理念，传达博物情怀。

回想多年以前，我第一次见到刘华杰的场景，依稀昨日。那是1996年，北京大学科学与社会研究中心还在东门附近的化学楼里办公，某一日，在中心图书室里，一个小伙子抱着一个计算机主机走了进来，酷似当时中关村随处可见的兼容机装机师傅，有人指给我说，这是刘华杰。那是我第一次见到华杰，也是第一次听说这个名字，但是不记得是否互相介绍了。

不久之后，在当时的博士生潘涛的介绍下，我与当时的刘华杰副教授正式相识了，开始了我们延续至今的友谊。在我们的学术朋友之中，我与华杰是相识最久，互动最多的。

写出 1996 这个年份，我才意识到，这是 20 年前的事儿了。

一 迈过中线，从反伪科学到反科学主义

我刚认识华杰的时候，他还是一位科学主义者，虽然可能已经开始"弱"了。这应该也是我们大多数人的状态。我们都曾受过专业的科学训练，自认为知道什么是科学，也知道什么是科学精神。因而，我们觉得自己有能力断定真伪，理直气壮地批判被我们称之为"伪科学"的东西。

当然，华杰更有"战斗"精神。华杰自陈，直到博士毕业，他都是"坚定的科学主义者"。从 1988 年起，对于水变油、耳朵认字、沈昌神功、宇宙全息统一论以及特异功能之类的"伪科学"活动，华杰撰写了大量文章，予以批驳。[1] 2000 年 11 月 28 日，他还获得了"第二届反伪

---

[1] 刘华杰，中国类科学：从哲学和社会学的观点看，上海交通大学出版社，2004 年 1 月，导言第 3-4 页。

科学突出贡献奖"[2]，奖金一万元。

就在这一年，华杰还获得了国家社科基金项目"反科学和伪科学的哲学和社会学研究"，不过，三年之后，在结题成果中，反科学和伪科学都不见了，变成了"类科学"[3]。在中国的语境中，"反科学"和"伪科学"具有明显的贬义，是一个扔给别人的标签，而没有人会认为自己从事的是"伪科学"。相反，那些被指称为从事伪科学活动的人，却大多在宣称，他们所从事的活动是科学——即使不被现在的科学共同体承认，也会是未来的科学。于是华杰采用了"类科学"这样一个相对中性的说法，来指称当初被他猛烈批判的对象。

其实，就在2000年，华杰的科学主义立场已经弱化了。在一篇小文章《什么是科学主义》[4]中，华杰说，科学主义是个连续谱，而"弱科学主义有很多合理成分，我就持这种观点。"

从"坚定的科学主义者"到"弱科学主义者"，这段心路历程，

---

[2] 此奖由广西《生活科学大观》、《小博士报》、《广西科技报》出资，与中国自然辩证法研究会共同创立的"反伪科学突出贡献奖"基金会颁发，第一届（1999年8月11日）的获奖人为于光远、何祚庥、龚育之、郭正谊、司马南。
[3] 结题成果为《中国类科学——从哲学和社会学的观点看》（上海交通大学出版社，2004年1月），这是国内第一部对于"反科学"和"伪科学"的学术研究专著。
[4] 刘华杰，什么是科学主义，民主与科学，2000年第3期。

华杰在《中国类科学》的导言中做了清楚的描述。对于科学，他从观众、啦啦队、裁判员，重新变成了观众。

与科学保持了距离，才看得清楚，看得超脱，甚至从反面去看，乃至迈过了中线，变成了一位"反科学主义者"。华杰"越陷越深"，此后不久，他提出，"伪科学是科学的一种"。此类行径被某位老一代科普作家称为"搅浑水"。反科学文化人搅浑水，成了我们的一个典故。2006 年 5 月 1 日，华杰在新浪博客贴出博文《我是怎样从一名科学主义者转变为一名反科学主义者的？》2006 年 12 月，华杰在"第三极书店"的一次公开讲座 5 中，对当年激进的反伪科学表示了歉意；2009 年 6 月 27 日，华杰贴出博文《我为什么反科学》；2011 年 3 月 27 日，华杰在科学网上悍然发出博文《真科学比伪科学危害大》。6

2000 年前后，我们的很多朋友都经历了类似的转变（这与我们的理科出身以及我们从事的专业科学哲学和科学史有着直接关系。一个深受理科教育的人，是一个天然的科学主义者，我们的基本立场，

---

5 2006 年 12 月 20 日，第三极通识讲座第 21 期，刘华杰主讲《圣殿骑士与科学文化的第三极》。

6 刘华杰的科学网博客。真科学比伪科学危害大，20110327，http://blog.sciencenet.cn/home.php?mod=space&uid=222&do=blog&id=426928

大体上是朴素的肤浅的逻辑实证主义和本质主义。相信存在一个客观的外部世界，相信这个客观的外部世界存在一个客观的规律，那个规律可以被人所掌握，那个规律就是科学，掌握那个规律的人就是科学家，以及我们自己。同时，我们大体上也持一种单一单向的社会发展观，科学进步，社会就进步；反过来，社会要想进步，就必须发展科学。要发展科学，就必须反对伪科学。而我们从事的专业，对于科学的哲学和历史研究，要求我们与自己的研究对象保持一定的距离，并且有所反思。而反思一旦起步，就很容易走到自己的反面。当初，某些人试图用理性来证明上帝的存在，其后果是，理性无法证明上帝存在，于是上帝死了。逻辑实证主义试图用理性来证明，科学是（绝对）正确的，是经过证实的，可靠的、（客观的）规律，同样发现，理性做不到这一点。于是有波普尔的证伪说，科学不再是高高在上的绝对真理，而是有待证伪的假说。此后的科学哲学，距离科学主义越来越远。科学哲学和科学史，都直接成为反科学主义的思想资源。我们戏称"迈过中线"。线的两侧是对科学的不同态度。我们公认，江晓原教授迈过中性的标志是他的文章《科学本身可不可以被研究》，而华杰明确地迈过中线，大约要以2003年的《论科普的三种不同立场》为标志。

2002年12月，在江晓原教授倡导和组织下，京沪两地部分从事科学哲学和科学史的学者在上海聚会，举办了首届科学文化学术研讨会，会后以集体笔名发表了《对科学文化的若干认识：首届科学文化研讨会学术宣言》[7]，一时引起巨大争议。批评者称其为"反科学宣言"，我们也被称为"反科学文化人"。回顾起来，这个宣言可以作为"中国的科学文化学派"诞生的标志，也是中国"反科学主义运动"的一个重要成果。即使在今天看，这个宣言之中对科学主义的界定，仍然是比较全面，比较完整的，所以我至今还在使用。

在这个运动的过程中，华杰贡献了一些特别的表述方式，比如"缺省配置"，比如"阶"，这些术语具有很强的描述力和表现力，用起来极为顺手，有力，很快就流行起来，成为我们的行话。

在首届科学文化会议期间，一天晚上，"反科学文化人"聚集在一个咖啡馆里，闲聊中，华杰突然说了一句："科学主义是我们的缺省配置"。此话如醍醐灌顶，让很多观点一下子明晰起来。"缺省配置"原是计算机术语，指计算机出厂时默认的配置，比如窗口的颜色，字号的大小，字体的设置，用户一开机就可以使用。虽然，其中每一

---

7 柯文慧："对科学文化的若干认识——首届'科学文化研讨会'学术宣言"，《中华读书报》，2002 年 12 月 25 日。此文由田松、刘华杰、韩建民起草，江晓原定稿。

项都是可以修改的，但是大多数人，或者不知道可以改，或者知道了而懒得改。我们的中小学教育，就是对我们的大脑进行格式化，进行缺省配置的过程。在我们经过了中小学教育之后，科学主义就已经天然地存在于我们的思想之中了。华杰的这个描述格外精准。[8]

同时，利用华杰这个表述，还可以说清楚另外一件事儿。我们反科学主义，反省的对象首先是我们自己；我们批判的，首先是我们自己头脑中的科学主义。我们首先是自我反省，而不是去批判别人。即使仍然作为科学主义者，也是自知的、并且能够自省的，乃至于可以判断自己在科学主义－反科学主义谱系中的位置。

记得当时在场的还有江晓原、刘兵、吴国盛、韩建民、潘涛、王一方、王洪波、黄明雨等人。那一晚还有另外两个成果，一是对江晓原教授精神状态的归纳"原有二球，尚能持否"；二是总结了一个打油诗，概括我们的主张："适度讲科学，凡事别做绝，工作凭兴趣，生活重感觉。"

---

8 自然辩证法领域一位重量级学者误以为"缺省配置"是"缺损配置"，在多处作报告阐述他对反科学主义的反对。后来经胡新和等教授的沟通，他才明白信息时代几乎人人皆知的"缺省配置"概念本无贬义，是个极普通的词语。不过他还是对缺省配置这个比喻非常不满，认为这有可能影响人们对科学的信仰。这倒是可以理解，科学主义者怎会愿意被表述为有待升级的对象。

现在我们普遍采用的"阶"的说法，也是从华杰引入的。2001年，华杰出版了一部自选集《一点二阶立场》[9]，书名耐人琢磨。"阶"是一个逻辑学概念，华杰借用来表示研究者与研究对象的层次。如果把直接以大自然为研究对象的科学活动叫做一阶研究；则以科学活动和科学家为研究对象的学术活动，比如科学史、科学哲学、科学社会学等，就是二阶研究；以此类推，以科学史为研究对象比如科学编史学，就可以算作三阶研究。华杰这本书有两种句读方式，一种是"一点儿"二阶立场，这是一种自谦，表明自己的研究是二阶的，不过只有一点儿。另一种是"一点二"（1.2）阶立场，这同样也是自谦，表明自己的研究虽然比一阶高一点儿，但还不够二阶。

在我看来，这两种方式都很恰当。实际上，华杰是同行之中，少数能够进行一阶科学研究的人。对于非线性科学、对于他现在致力于的博物学，我们其他人基本上只能进行二阶研究，从哲学、历史和社会学的角度加以阐发和分析。而华杰则可以两面开弓，游刃于一阶和二阶之间。

关于反科学主义，我们最初的观点很明确，阐释得也很明确，我

[9] 刘华杰，一点二阶立场，上海科技教育出版社，2001年9月第一版。

们反的是"科学主义"，而不是"科学"。但是，某些人坚持认为，我们只是打着"反'科学主义'"的幌子，行"'反科学'的主义"之实。最初我还曾自辩，不过很快，就开始自称"反科学文化人"了。也不再计较在哪儿断句了。因为，科学的神圣性已经被我们充分地消解了。刘华杰一开始也非常担心对手强加的"反科学"的污名，竭力辩白，声称自己不反科学。然而，这个自辩并没有什么用，"反科学"的帽子还是不断飞过来。作为一个天生的东北犟人，我非常能够理解华杰的逆反。曾经有人说他浮躁，华杰反唇相讥：你浮一个我看看？华杰做过一个诡辩式的话语分析：科学内部必须允许并且赞同反科学，并且唯有如此科学才能发展。华杰的搅混水功夫又派上了用场，他开始主动使用反科学的话语，他甚至认为"反科学"与"反思科学"确实某种意义上可以等同。2006 年，在湖南张家界，华杰用 antiscience 注册了自己谷歌邮箱。有趣的是，在他本人不再在乎"反思科学"与"反科学"的区分并广泛使用 antiscience@gmail.com 这个信箱后，反而没什么人再指责他反科学了。

二　立场分析与 SSK，科学传播理论的重要转折

同样是在 2000 年前后，我们这些人不约而同地开始关注科普问题。实际上，我们都是传统科普的受益者，对于传统科普在 1980 年

代中后期的迅速衰落感到痛心疾首，并且真诚地为之寻找原因，寻找出路。自然而然地，出于我们的专业立场，本能地把科学哲学和科学史的基本理论应用到中国的科普实践中去。这是中国科学传播批判学派的缘起。

科学传播这个说法最早是吴国盛在 1999 年 10 月 17 日香山科学史发展战略会议上提出的，作为科学普及的替代者。2000 年，吴国盛和刘华杰先后在报纸上发表文章，或接受采访，都强调了从科学普及向科学传播的转化。

用科学哲学和科学史的基本理论，尤其是从科学文化的角度衡量传统科普，立即发现传统科普的诸多问题。传统科普在理念上，具有强科学主义的意识形态；在书写心态上，居高临下地、单向地传播；在内容上，铺陈静态的、"绝对正确的"的知识……20 世纪 90 年代中期"第一推动丛书"问世，顿时显出传统科普的时代局限、理解差距。"第一推动丛书"这样的作品很像是我们以往说的科普，但是又不同于已有的那些科普。如何称谓它们，有两种对策，一是保留科学普及这个概念，为之填充新的内容；二是重新命名，提出一个新的概念，比如"科学传播"。两种策略各有优劣。旧概念众所能详，但新内容的填充需要时日；新概念直接对应新理念，鲜明准确，但是一个新词要深入人心，同样需要漫长的时间。我当时主张前者，觉得"科学传播"不像是一个容易传播的词。当然，吴国盛和刘华杰主张后者，并且很快付诸实践，于2001年成立了北京大学科学传播中心。

现在回过头来看，他们的策略是正确的。当时我并没有意识到，在科学普及这个概念的后面，还有樊洪业先生讲的更复杂的政治和意识形态因素。

科学传播是什么？科学传播在哪些方面有别于传统科普以及西方世界的公众理解科学（PUS）？对于这些问题的回答，是科学传播概念被充实的过程，也是科学传播理论建构的过程。2003年10月，第二届科学文化学术研讨会之后，吴国盛以个人名义发表文章《科学传播与科学文化再思考》[10]，把科学传播与传统科普分别对应于传播学和新闻学，把传播学引入进来。这是中国科学传播理论建构中的第一个台阶。

新概念毫无悬念地引起了争议，一部分老一代科普专家对于我等妄图以科学传播否定传统科普的狂妄之举表示反对。这时，有一位老先生对我们的工作表示了支持。2004年1月，樊洪业先生在《科学时报》[11]

[10] 吴国盛，科学传播与科学文化再思考，中华读书报，2003年10月29日。
[11] 原名《中国科学报》，周刊；后扩版，为《科学时报》，每周三期；再后又复名《中国科学报》，日报。

杨虚杰负责的"读书版"上发表了一篇文章[12]，文章不长，但是提供全新的维度。第一，科普理念，是从主流意识形态的框架中衍生出来的；第二，科普对象，定位于工农兵；第三，科普方针，须紧密结合生产实际需要；第四，科普体制，中央集权制之下的一元化组织结构。这篇文章大大地拓展了我们的研究思路。

一个月之后，华杰在《科学时报》发表《论科普的三种不同立场》[13]，这是中国科学传播理论建构的第二个台阶。

在这篇文章里，刘华杰引入了立场分析，指出，传统科普是国家立场；公众理解科学是科学共同体立场，科学传播是公民立场。与此同时，不再认为传统科普、公众理解科学、科学传播是三个阶段，而认为是三种类型。文章虽短，但视角独特，观点鲜明，跳出原有的框架，把三种类型区分得清清楚楚。科学的普及和传播活动不是中性的，而是有立场的，进而，科学活动自身也是有立场的。

立场分析使得科学传播理论又多了一个维度，一下子丰满起来。此后，围绕公民立场，当时的研究生周祥写了一篇文章，对公民立场

---

12 樊洪业，解读"传统科普"，科学时报，2004 年 1 月 9 日。
13 刘华杰，论科普的三种不同立场，科学时报，2004 年 2 月 6 日，B2 版。

的科学传播的可操作性提出了质疑。我对此做了回应，公民立场何以可能[14]。进而，提出了"为什么"的问题[15]。

华杰之所以提出立场问题，在我看来，直接的原因是樊洪业先生的启发，深层的原因是华杰对于科学知识社会学（SSK）的研究。1998 年，华杰在美国访学期间，偶然接触到 SSK，成为在中国最早介绍 SSK 的几位学者之一[16]。华杰之迈过中线，依我之见，有两个重大的思想资源，一个是他博士论文研究的对象混沌理论[17]；另一个就是 SSK。

SSK 刚刚进入中国的时候，争议极多。直到今天，虽然 SSK 已经成为中国科学哲学领域必修课程，出现了大量研究文章，仍然是被误读最多的学术主张之一。那是因为，SSK 的观念实在是过于前卫了。

科学哲学是有境界之分的。科学哲学的每一次重大理论突破，从逻辑实证主义到波普尔的证伪主义，再到库恩、费耶阿本德，都

---

[14] 田松，公民立场何以可能（上）（下），科学时报，2004 年 3 月 5 日，3 月 12 日。
[15] 田松，科学传播，一个新兴的学术领域，新闻与传播研究，2007 年第 2 期。
[16] 另外几位是苏国勋、刘珺珺、李三虎等先生。
[17] 反科学主义的思想资源谱系极宽，甚至包括某些科学，比如量子力学、生态学、混沌理论（非线性科学）。认真学过混沌理论之后，就很难再相信牛顿范式数理科学所承诺的对于自然界的精准计算、预期和控制了。著名的蝴蝶效应是一个很好的例子。

不仅是内容的扩展，还是境界上的提升。以我之见，目前境界最高的是SSK和科学实践哲学。对于中国学者来说，本质主义、绝对主义、实在论都固化在我们的缺省配置之中。所以中国学者会从直觉上抵触SSK，"相对主义"已经让人无法容忍了，竟然要"否定科学知识的客观性"？简直是荒谬！华杰本人对于SSK的理解，也是一波三折。最初也曾与大家一起批判，几年之后，才慢慢品出其中的高妙来。

突破在于，他终于悟到：布鲁尔的相对主义是逻辑自洽的，不存在矛盾，因而不存在通常人们所指责的逻辑缺陷[18]。从此，SSK就成了华杰的基本方法，基本理念。并且，他的另外一个专项研究混沌也加入进来。比如，华杰用分形（fractal）的概念来描述SSK所讲的"科学"与"社会"[19]，"科学"与"社会"的界面是分形结构，社会不再是从外部以欧氏几何的方式覆盖、包裹着"科学"这一子系统。而是社会之中有科学，科学之中有社会，层层嵌套。在大科学时代，科学／技术，科学／社会，的确都是复杂的分形嵌合体：你中有我，我

[18] 刘华杰，相对主义优于绝对主义，南京社会科学，2004年，第12期，第1-4页。
[19] 刘华杰，相对主义与理解SSK的一种分形模型，科学与社会，2015年，第5卷第4期，第43-61页。

中有你。分形这个概念华杰也常常用于其它涉及两者关系的领域，非常具有描述力。

顾名思义，科学知识社会学讨论的是科学知识的社会学。很多人坚信，科学知识是客观的，不以人的意志为转移的，是对客观事物之客观规律的表述，科学知识总是会被人发现的，不是被牛顿发现，就是被马顿发现，而且无论被谁发现，都是一样的。但是，在 SSK 看来，科学知识是科学家生产出来的。无论科学知识怎样客观，它不是从天上掉下来的，总是要由牛顿、马顿率先把它表述出来，然后，科学共同体予以接受，以某种形式公布出来，我们才知道有这个知识存在。这个过程，就是科学知识生产的过程。反过来再看这个过程，再看科学知识的客观性，就不会那么言之凿凿了。

科学传播需要有传播者，传播者构成一个共同体，就会有立场存在。把SSK的基本原理应用到传播上来，立场问题很容易会凸显出来。

多年之后，我在讨论科学共同体在工业社会中的角色时，也应用了这个原理。结论是自然的，科学知识的生产和传播，会受到生产者和传播者的影响。[20]

---

[20] 田松，警惕科学家，读书，2014 年第 3 期。

中国的科学传播理论建构也好，"反科学主义"文化运动也好，科学的二阶研究学科群（文化研究和社会研究）都发挥了巨大的理论作用。

三 塔内塔外

人在哲学系，如在象牙塔中。作为学者，我们永远都面对着三重世界：一是文本，一是社会现实，一是我们个人的生命体验。不同的学者有不同的排序方式。有些学者在象牙塔深处，眼中只有文本的世界。但是对我来说，最重要的是我个人的生命体验，其次是社会现实，最后才是文本。所以在大多数时候，六经注我。我相信华杰与我有类似的看法。也许轻重有所不同，但是都关注社会现实，重视个体生命。

华杰之反伪科学，反科学主义，从事科学传播理论与实践，都是他关注社会现实的表现。

鲜为人知的是，华杰是第一个正式报道清华大学朱令铊中毒案的人。1994年底朱令两次中毒，一直无法确诊，直到1995年4月，她的中学同学，当时在北大力学系的贝志诚，联合其同宿舍同学蔡全清，利用互联网向全球求助，几天后确诊为铊中毒。在朱照宣、陈耀松教授的帮助下，刘华杰采访了蔡全清等人，在1995年6月9日《南方周末》

头版显著位置发表《神奇的网上救助》[21]，朱令案引起全国关注。

这是华杰早期从事的科学传播活动，他的报道并非就事论事，还敏锐地关注互联网的潜在影响力。这件事儿发生在我认识华杰之前，并未亲历。

朱令案至今仍未告破。

华杰还是最早介绍美国阿米什的中国知识分子之一[22]。1999 年，刘华杰在威斯康星访问期间，参观当地的阿米什社区。在我看来，这是全球范围内，唯一一个拒绝现代化并且成功了的案例。第二年，他发表一篇小文章《难忘阿米什》[23]，引起很多反响。这件事儿也成为他自己反省现代化、思考文明问题的契机。

华杰是一个出色的学术组织者。

我把 2005 年称作中国的环境年。这一年里发生了诸多与环境相关的重大社会事件，其中时间延续最长，影响最为深远的是年初开始的"敬畏自然"之争。2005 年元旦刚过，《环球》半月刊发表了对何祚庥院士的采访，其中，何祚庥院士指出，"人类要敬畏大自然"

---

21 刘华杰，神奇的网上救助，南方周末，1995 年 6 月 9 日。

22 另外一位是丁林。

23 刘华杰，难忘阿米什，中华读书报，2000 年 9 月 27 日。

这个口号是反科学的。几天后，《新京报》发表著名环保人士汪永晨的文章《敬畏自然不是反科学》，由此引发了一场长达半年之久的全面辩论，战火烧到各大报刊、门户网站，各界学者及普通公众都参与进来。新浪科技频道和文化频道分别开设了专门栏目。这场辩论相当于中国人的一场环境伦理的自我教育。

华杰非常敏锐，在 2005 年春节之前，组织苏贤贵、刘兵和我开展一场对话。华杰列出提纲，率先提问，我们几位通过电子邮件，逐一回应，互动。春节之后，一本小书就整理出来。按照华杰原初的构想，最迟三月份就能上市，直接参与到正在进行的辩论之中。遗憾的是，由于出版方的某些奇怪的原因 24，这本书到了当年五月份才印刷出来 25，并且迟迟不能上市。

华杰善于以这种方式与其他学者合作，共同关注并讨论一个话题。2009 年，华杰就科学伦理问题，对我们专业的前辈学者中山大学张华夏教授进行访谈。在他的提问中，特别提到我当时的新锐观点，"科学从前是神学的婢女，现在是资本的帮凶。"张华夏竟然说"田松博

24　这个原因现在应该可以说了，据说是该社某领导发现书中对何祚庥院士提出了批评，他觉得不妥，但是又不便枪毙书稿，于是拖着。可见科学传播从来就不是中性的。
25　苏贤贵、田松、刘兵、刘华杰，敬畏自然，河北大学出版社，2005 年 5 月。

士的观点是马克思的观点。"[26] 张华夏先生的这个回答，让我感到安慰与安全，时常被我引用。

华杰的访谈结果发给我和刘兵，我们分别作出了回应。张华夏教授又对我们的回应做了回应。往返了几个回合。最后，全部文稿发表在我们的同仁杂志《我们的科学文化》第五辑《伦理能不能管科学》[27]之中。张华夏本人在他的《现代科学与伦理世界》（第二版）[28]中，也把与我们的对话增补进去。

客观上，华杰以这种方式"逼迫"我们面对这个问题，思考这个问题。我自己的观点在对话与回应中，得到磨砺。如果不是华杰的逼迫，我可能不会马上开始思考这个问题，也不会想到与张华夏老师直接对话。这个过程，很值得从知识社会学的角度加以分析。

华杰提出过一个"学妖"概念，这个概念被蒋劲松视为中国学者为科学社会学及科学传播领域贡献的最重要的原创性概念之一。学妖是指在科学活动中隐形的组织者，活跃在科学共同体内部，尤其是在科学共同体与其它共同体之间。华杰举例说，比如科学家就某一件事

---

[26] 江晓原、刘兵主编，伦理能不能管科学，华东师范大学出版社，2009年11月，第13页。
[27] 江晓原、刘兵主编，伦理能不能管科学，华东师范大学出版社，2009年11月。
[28] 张华夏，现代科学与伦理世界（第二版），中国人民大学出版社，2010年3月。

儿投票，投票结果看起来能够代表科学家共同的看法，至少是主流的看法。但是，华杰指出，在这个过程中，还有一个重要的角色隐而不显，就是使得这些人能够来此投票的人。这个角色，就是学妖。学妖很可能并不是科学家，甚至也不是一个具体的人。通过选择投票人，学妖在很大的程度上，可以调控最后的结果。

换一个例子也许更容易理解学妖的角色。比如评选一个科学传播奖，当然需要由专家投票，但是，谁是有资格投票并且能够参加投票的专家呢？这不是专家自己决定的，而是这个活动的组织者决定的。

当然，学妖本身是一个中性的概念。可以为善，也可以为恶。

根据华杰自己的理论，华杰本人也是一个学妖。我们与张华夏先生的对话，如果没有华杰的组织，根本就不会发生。此后，关于博物学，华杰也曾组织江晓原、刘兵和我进行了类似的讨论。我当时的回应文章是《博物学编史纲领的术法道——原创基于独立的问题》[29]。

2009 年 11 月 27 日，农业部下属的国家农业转基因生物安全委员会悄悄颁发了两种转基因水稻、一种转基因玉米的安全证书，此事被绿色和平组织发现，披露出来，舆论哗然。2010 年 2 月下旬的某一天，

[29] 江晓原、刘兵主编，好的归博物，华东师范大学出版社，2011 年 8 月。

蒋高明、刘华杰等人来我家小聚，说到此事。本来大家只是表达了一下义愤，华杰郑重地说，咱们应该发表一个东西，表达一下我们的看法。

这个想法得到了我们的一致赞成。知识分子需要直接参与公共事务。当然，我们的主张都有我们各自的学理支持。商议之后，决定由蒋高明起草。此后，在稍大一点儿的范围内，经过几轮修改和讨论，最终定稿。遗憾的是，到 3 月 8 日左右定稿时，我们已经找不到纸媒能够正式发表了。当时正值两会，我们希望在两会结束之前能够发布出去。于是在 3 月 10 日，我们决定利用各自的博客，同时发布。

此后，我开始深度关注转基因问题。转基因问题也成为我的重要案例。

早在 2005 年，第四次科学文化会议期间，华杰曾经预言，我们（这些反科学文化人）会与科学共同体发生直接的冲突。几年之后，这个预言就应验了。

还有一件事情值得一提，表现华杰参与社会现实的勇气。在著名泌尿科大夫肖传国遭到拘留，住进看守所之后，华杰第一个在微博上表示，一旦肖传国入狱，他将前往探监。此后，我们在网络上开始了长达几个月的舆论战斗。并且，在五个半月之后，华杰、刘兵和我，第一时间迎接肖传国大夫重获自由[30]。

四　博物情怀

2012 年 5 月 26 日，我参加了熊姣、徐保军的博士学位论文答辩。这是华杰的头两名博士生，一位研究约翰·雷，一位研究林奈，都是重要的博物学家。当时，华杰在夏威夷访学，尚未回国。答辩之后，我表示，我很荣幸，目睹了一个新范式的诞生。

几个月后，华杰从夏威夷回国。两年后，三卷本《檀岛花事》出版。

我曾给华杰之博物学作两个评语：从业余到专业，从癖好到学术。这话包含两层意思：在植物学–博物学领域，华杰以一个业余爱好者达到了专业水平；在华杰自己的专业科学史与科学哲学领域，华杰把个人癖好上升为学术归宿。

我在认识刘华杰的时候，就知道他对植物有特别的爱好，并且达

---

[30] 社会上至今仍然在流传所谓"肖传国十万雇凶"，很多人在此基础之上对肖大夫进行各种评价，并至今深信不疑。但此事诸多蹊跷，姑且不论。单从石景山法院的判决书上看，"十万"与"雇凶"都不存在。肖传国的责任对于亲戚主动要求暴打某人之动议，没有给予阻止。另外，需要普及的法律概念是，肖传国被判的是"拘役"，并非"徒刑"，所以也并未入狱，也谈不上刑满释放。肖传国被惩罚的罪名是"寻衅滋事"，不符合本案要件。肖传国律师高子程认为，此案属于打架斗殴，两方之伤都够不上刑事犯罪。肖传国认为，此案由某位已被查办的高层领导督办，法院找个名目来判他。但是后来，这个罪名成了一个口袋，不断被应用，则是后话。

到了专业水平。对于华北植物的辨识能力，即使把专业人士算上，他也能排上座次。他自己于 21 世纪之初就在网上建设了一个高清的植物图谱，有照片，有学名，华杰的植物图谱影响巨大。其中的图片常常被出版社盗用，还曾有一位大个子浦律师帮他打赢了多场官司，从几家出版社要来了若干补偿。

每次我们外出郊游的时候，华杰总是热心地教我们辨识植物。虽然每次记不住多少，这次学过的，下次就忘记，但是华杰一如既往，耐心如故。我们每次到外地开会，每次旅行，华杰都会起大早去观察植物，给植物照相。

认识植物的名字，这算是个什么本事呢？在 2000 年的时候，即使我们的朋友，也不过是把这看做华杰的一个可爱的癖好，不会认为这事儿有多么重要，更不会想到，这与我们的专业能有什么联系。

华杰至少在 2001 年就大声呼吁博物学了。在他 2000 年的文集《以科学的名义》中，还没有博物学的迹象；到了 2001 年的文集《一点二阶立场》，就有一个部分叫做"博物情怀"，其中收入的第一篇文章《从博物学的观点看》，十几年后，成了另一本文集的名字。

子曾经曰过："名不正则言不顺，言不顺则事不成"。所以子还曰，"必也正名乎！"。命名不仅关乎恰当准确的描述，还关乎合理性。沾花惹草，观花赏草，辨花识草，如果仅仅归结到植物学，还不能呈现它的意义。

在我们同龄的学术朋友中，吴国盛是一位在时间和空间上都具有宏大视野的学者，他对于学术地图的整体把握，对于学术大势的分析和判断，常常给我重大的启发。2002 年 4 月，我到北大哲学系跟随吴国盛教授作博士后研究，某次听吴老师的科学史大课，他说到科学有两个传统，数理科学和博物学。这个说法非常有描述力（"描述力"这个说法也出自吴国盛），一下子把两种不同的东西分开了。

刘华杰更早从吴国盛那里获得了这个说法。显然，博物学比植物学概念更大，更具有包容力，在中文的语境下，具有更丰富的内容。而且，从科学史的意义上，至少曾经与数理科学相提。如此一来，沾花惹草就获得了更高的价值。

在我们当下的主流话语中，数理科学更加高大上，博物学似乎只是粗浅的、不系统的知识，是为数理科学作准备的。从历史上看，博物学在达尔文时代到达了顶峰。而在 20 世纪，生物学进入到分子层面之后，生物学已经从博物学变成了数理科学。并且事实上，博物学在当下高等教育的学科体系中，已经消失了。2010 年，有人在华杰的博客下留言，说博物学家无非是"半吊子地质学家，半吊子生物学家，半吊子地理学家。什么都知道点，什么都知道的不深，最终沦为只博大不精深的'知道分子'"。相信很多人会对这种看法深以为然。不过，事情也可以反过来看。我也可以说，现在大部分地质学家、生物学家、地理学家，都是一些未入门的博物学家，因为他们没有博物情怀。

谈情怀，常常是要被讽刺的。博物情怀，又算是个什么情怀？

在当下的儿童教育中，人们不觉得让孩子认识花草是一件正经事。家长更愿意让孩子背诵乘法口诀，背诵唐诗宋词。总而言之，对将来考试有用的东西。导致的结果是，现代人与自然的关系越来越远。在小区、在校园，人们每天经过路边的花草，但是不觉得有认识的必要，不觉得有关心的必要。失去了博物情怀，人如何能够热爱自然。基于数理科学的热爱自然，爱的不是自然本身，而是把自然当做资源。我曾经为《一点二阶立场》写过一篇书评，名曰《关心一片具体的叶子》。孔子强调读《诗》的意义，其一为"多识于鸟兽草木之名"。不知道具体的名字，人对于自然就只能有抽象的热爱。在这个意义上，认识花花草草的名字，是人类重建人与自然的情感关联的第一步。博物学是人类拯救灵魂的一条小路[31]。

31　田松，博物学，人类拯救灵魂的一条小路，广西民族大学学报（哲学与社会科学版），2011 年第六期，第 50–52 页。

它是一条路，当然只是一条小路。

虽然是一条小路，但毕竟是一条路。

一条古已有之的，一条可行的路。

2003 年 10 月，我与华杰、刘兵前往广西南宁参加"东南亚人类学与科技人类学国际会议"。这次旅行意外地成为华杰事业的转折点。华杰多次对我说过，就是这次会上，他遇到了广西民族大学的黄世杰博士。小黄从事人类学，对蛊毒有专门的研究。黄世杰建议华杰，以后专攻博物学，把其它研究都放下，尤其是，当有人请你作讲座请你演讲时，只讲博物学。几句话令华杰猛醒。此后，他的研究迅速收敛，他招收的博士生全部集中到博物学方向上来。

到了今天，华杰和他的博士、硕士对博物学和博物学家的研究，已经蔚为大观。在某种意义上，已经形成了一个学派。这个学派即使放到国际学界，也具有特殊的地位。

在西方主流学界，科学哲学对于博物学的研究依然稀少。科学史领域的博物学研究相比中国而言，总量要多出很多，但仍属少数。华杰学派的特殊之处在于，他们身处哲学系，是从科学哲学进入科学史、文化史的，他们的工作内在地包含着对科学的反思、对文明的反思，以及对博物学本身的反思。在这个过程中，博物学的意义愈发得到彰显。

新博物学的呼吁已经历经十余年，在当今中国声势越来越壮。2013 年，华杰以西方博物学文化与公众生态意识为题，获得了国家社科基金重大项目，华杰的工作已经得到了当下学术主流的认可。2015 年，刘华杰组织了首届博物学论坛，商务印书馆决定出版期刊《中国博物学评论》，华杰当仁不让作为首任主编，这意味着新博物学在中国进入了一个新的阶段——一个新的建制化开始了。

五　生命体验与学术创见

身在高校，我的日常生活就是教书、读书、写书，这是我所喜欢的，而这样的事情竟然是我的职业，所以，我是一个幸运的人。我所写的是我的思考，我所讲的也是我相信、我喜欢的，所以，我是一个不分裂的人。这让我尤其感到幸运。

从这个角度衡量，华杰是一个更加幸运，更加幸福的人。

个人兴趣成为职业，职业成为事业，这并不容易。

我曾经在中央电视台作策划，起初，思如泉涌，仿佛有做不完的选题。但是，几个月之后，很多话题都说过了。然而，周播的节目在那儿，每个星期必须琢磨出一个选题出来，把节目时间填上。每当面临这种状态，工作就变成了被动的，就不那么有乐趣了。

在高校教书，我已经很少面临这种难堪的境地。虽然有时候，我希望能够无目的地看书，看闲书；而实际上，很多时候看书是为了备课，或者是为了某篇文章。但是毕竟，上课与写作是我愿意做的事儿。

华杰更加幸运的是，他的游山玩水，他的沾花惹草，都成了他学术的一部分。

棋手需要打谱，更需要实战，而实战是更重要的，因为他是棋手，他需要直接面对对手。当然，也可能会有一些围棋理论家，他们专心打谱，能够记住古往今来所有的棋局，每当某一位棋手走出某一步，他就能够说出来这一步的演化史——在以往谁与谁的哪一局里出现过，云云。在我们当下的学术体系中，学术得到了更多的重视，在人文领域，人们更多地关注文本。而我们这一伙人，似乎更愿意直接面对棋局。

我们直面生活本身，我们在生活着，同时也在思考我们的生活。至于理论，如同以往的棋谱一样，能够给我提供某些启示，而更重要的则是面对现实。只要走出那一步，就行了。也许这一步来自以往的文本，或者受到以往文本的启发，也许没有。

实际上，我常常遇到这样的学者，他们有很强的理论功底，但是我常常发现，他们的理论只是从概念到概念，从文本到文本，与现实世界相距甚远。他们是一些棋力很差的围棋理论家。

20 世纪 80 年代之后，中国学界与西方接轨，学会了各种西式学术规范，很多学者以用英文讨论西方学者提出的命题为荣。在当下的学术管理机制中，用英文发文章，发 SCI 文章，会获得更高的鼓励和奖励。久而久之，教育成了体育，学术成了竞技。围棋理论家大行其道，棋手则被视为没有学术含量。

2014 年在哈佛见到孙小淳教授，他讲了一个故事。说见到了一位博士的实验报告，在实验目的一栏，那位博士写到：写一个实验报告。这个故事让我们哑然失笑。我们做过实验的人都知道，实验目的这一栏，要写为什么要做这个实验，比如测量某某量之类的。但是这位博士，把写一个报告当做了目的，他不知道为什么要做这个实验，他对这个实验对于其所属学科的意义，对于现实世界的意义，没有思考过。

如果人文学者也把写一篇论文作为丛书学术的目的，那就意味着，这位学者已经失去了最为基本的人文素养——对生活本身的思考。作为一个电视策划，我可以为了填充档期而绞尽脑汁地琢磨一个选题，我可以安慰自己说，这是工作。但是，作为一个人文学者，如果我为了发表一篇文章而绞尽脑汁琢磨一个选题，我很难以同样的方式安慰自己。

我注六经，还是六经注我，代表着不同的学术进路。华杰提出了很多卓有创见的思想。这些思想首先来自于对现实世界的直接观察、描述和反思。甚至我们的很多想法，都是在论战中产生出来的。原创基于自己的问题。有自己的生命体验，有自己独立的对世界的观察，有自己的困惑，才有自己的问题，才有原创的学术。

我想，对于华杰而言，生命体验、现实世界与文本世界，三者已经达成了某种统一。对于华杰来说，博物学意味着什么？它直接关联着华杰的生命体验；它还直接关系着现实世界；而且，它还直接关系到人类整体命运的思考。

2005 年，我们在云南学会了一句云南话，"好在"。这个"在"，完全可以解读为存在主义和现象学的"在"。就是存在的"在"，就是生活本身。"好在"，就是好好地活着，就是安享此刻的生活。

中国古语还有"自在"一词，同样，非常现象学和存在主义，能够体现博物精神和博物情怀。

去年，华杰制作了几面旗子，上书"博物自在"。

博物者自在。

能博物者，自在。

2017 年 4 月 3 日
2017 年 4 月 5 日
2017 年 4 月 9 日
2017 年 4 月 16 日
2017 年 4 月 28 日
北京 向阳小院

刘华杰博物书谱

《看得见的风景：博物学生存》，科学出版社，2007。

《天涯芳草》，北京大学出版社，2011。
[2012 年获第七届文津图书奖、台湾吴大猷科普佳作银签奖。]

《博物人生》，北京大学出版社，2012 第 1 版，2016 第 2 版。
[入选 2013 年度"大众喜爱的 50 种图书"。列入中央国家机关读书活动 2012 年下半年推荐书目（11 种图书之一）。]

《檀岛花事：夏威夷植物日记》（上中下），中国科学技术出版社，2014。
[2015 年获第十届文津图书奖。第四届中国科普作家协会优秀科普作品奖科普图书类金奖。2016 年获首届大鹏自然好书奖之"在地关怀奖"。]

《博物学文化与编史》，上海交通大学出版社，2014。2015 年出版修订、精装版。

《博物自在》，中国科学技术出版社，2015。
[入选 2015 年度"大众喜爱的 50 种图书"。]

《博物致知》，湖北科学技术出版社，2015。

《燕园草木补》，中国科学技术出版社，2015。

《从博物的观点看》，上海科技文献出版社，2016。

《崇礼野花》，中国科学技术出版社，2016。

《延庆野花》，中国科学技术出版社，2017。

《青山草木》，中国科学技术出版社，2018。

图书在版编目（CIP）数据

看花是种世界观／半夏著．—北京：中国科学技术出版社，
2017.5（2020.8 重印）

ISBN 978-7-5046-7462-3

I.①看… II.①半… III.①报告文学－中国－当代 IV.① I25

中国版本图书馆 CIP 数据核字 (2017) 第 074369 号

策划编辑	杨虚杰
责任编辑	鞠 强
书籍设计	刘影子
责任校对	杨京华
责任印制	马宇晨

出　　版	中国科学技术出版社
发　　行	中国科学技术出版社有限公司发行部
地　　址	北京市海淀区中关村南大街 16 号
邮　　编	100081
发行电话	010-62173865
传　　真	010-62173081
网　　址	http://www.cspbooks.com.cn

开　　本	720mm×1000mm 1/32
字　　数	142 千字
印　　张	8.25
版　　次	2017 年 5 月第 1 版
印　　次	2020 年 8 月第 3 次印刷
印　　刷	三河市兴国印务有限公司
书　　号	ISBN 978-7-5046-7462-3/I·28
定　　价	58.00 元